박용진 감독의 야구 철학

그라운드의 기술, 마음의 야구

박용진 감독의 야구 철학

그라운드의 기술, 마음의 야구

2026년 1월 5일 초판 1쇄 인쇄
2026년 1월 10일 초판 1쇄 발행

지은이   박용진
펴낸이   김영애
편 집   김배경
디자인   허지은
펴낸곳   SniFactory (에스앤아이팩토리)

등록일   2013년 6월 3일
등 록   제2013-00163호
주 소   서울시 강남구 삼성로 96길 6 엘지트윈텔 1차 1210호
전 화   02. 517. 9385
팩 스   02. 517. 9386
이메일   dahal@dahal.co.kr
홈페이지   http://www.snifactory.com

ISBN 979-11-91656-39-8(03810)

가격 20,000원

박용진 감독의 야구 철학

그라운드의 기술,
마음의 야구

박용진 지음

다홀미디어

박용진 선배를 처음 만난 것은 고려대 시절입니다. 국가대표로 함께 뽑힌 자리에서 3년 선배였던 그는 이미 야구부 안팎에서 '따뜻하면서도 단단한 선배'로 알려져 있었습니다. 그때도 그는 특유의 성실함과 묵묵함으로 후배들의 귀감이 되었습니다. 그 후 50년이 넘는 세월 동안 박 선배는 야구인으로, 지도자로, 그리고 인생의 선배로 제 곁을 지켜왔습니다.

MBC 청룡 시절부터 삼성, LG, 한화 구단과 KBO 감독관에 이르기까지, 그는 늘 조용히 그러나 단호하게 팀을 이끌었고, 단 한 번도 사람을 향한 마음을 놓지 않았습니다.

박용진이라는 이름 앞에는 늘 하나의 말이 따라붙습니다. '사람을 남기는 지도자'. 이번 야구 철학서를 통해 독자 여러분은 단순히 지도자의 기록을 보는 것이 아니라, 야구라는 그라운드를 따라가며 세상을 배우고, 사람을 바라보고, 한 사람의 삶과 마음을 천천히 느끼게 될 것입니다.

허구연_ 한국야구위원회(KBO) 총재

박용진 감독님을 가까이서 뵌 것은 1990년대 후반, KBO 출범 후 처음으로 각 구단 유망주들을 위해 개최한 교육리그였습니다. 저는 리그 운영 책임자로, 감독님은 총감독으로 소중한 인연을 맺었습니다.

그때의 기억이 지금도 선명합니다. 단 1분의 시간도 아깝다며 누구보다 먼저 구장을 돌면서 파트별 코치들과 교육 프로그램을 상의하고, 선수들의 표정과 몸 상태를 살피고, 작은 루틴이나 태도 하나까지 의미를 짚어내던 감독님의 모습에서 당시에도 흔치 않은 '육성 철학'을 가진 지도자라는 사실을 단번에 알아볼 수 있었습니다.

얼마 전 작고하신 제가 존경하는 이광환 감독님과 절친이어서인지 야구를 바라보는 철학도 비슷하고 야구를 위해서는 그 어떤 것과도 타협하지 않는 고집스러움도 많이 닮았습니다.

감독님은 기술보다 기본, 결과보다 방향, 형식보다 마음가짐을 먼저 이야기하셨습니다. 지금 돌이켜보면 그 철학이 몇십 년이 지난 지금까지도 변함없이 이어져 한국 야구가 지켜야 할 중요한 기준들로 남아 있다는 생각이 듭니다. 특히 유소년과 아마추어 육성에 쏟아온 감독님의 헌신은, 조용하지만 꾸준히 한국 야구의 밑바탕을 단단하게 만들어 왔습니다.

이번 책에는 감독님이 현장에서 겪어온 고민과 판단, 그리고 오랜 세월 붙들어온 '야구다운 야구'에 대한 생각이 솔직하게 담겨 있습니다. 저는 이 책을 읽으며 20여 년 전 마산 교육리그에서 느꼈던 그 고집스러운 원칙과 따뜻한 뒷모습이 그대로 문장 속에 살아 있다는 걸 확인했습니다.

이 책은 단순한 경험담이 아니라 앞으로의 야구 지도자들이 꼭 짚어야 할 기준과 질문을 담은 현장의 교본입니다. 지도자라면 누구라도 한 번은 읽어야 할 책이며, 선수와 학부모, 야구를 사랑하는 모든 분들에게도 '좋은 야구란 무엇인지' 생각하게 하는 든든한 길잡이가 될 것입니다. 이 책이 앞으로 한국 야구를 이끌어갈 많은 지도자들에게 필독서가 되기를 기대합니다.

오랜 세월, 한 길을 묵묵히 걸어오며 자신만의 철학을 놓지 않았던 박용진 감독님께 깊은 존경과 감사의 마음을 전합니다.

양해영 _ 대한야구소프트볼협회 회장

박용진 선생님께서 집필하신『그라운드의 기술, 마음의 야구』는 야구라는 필드를 통해 우리 사회의 모든 구성원, 특히 새로운 분야에 도전하는 모든 이들이 갖춰야 할 인문학적 성찰을 담고 있습니다. 중요한 것은 승리 그 자체가 아니라, 정해진 규칙 속에서 최선을 다하는 끈기, 동료를 신뢰하는 마음, 그리고 자신의 한계를 인정하고 극복하는 용기입니다.

　저는 이 책이 야구를 처음 접하는 여성 선수들에게는 흔들리지 않는 마음가짐을, 지도자들에게는 선수들의 잠재력을 끌어낼 교육 철학을, 그리고 일반 독자들에게는 삶의 고난을 이겨낼 지혜를 선사할 것이라 확신합니다.

　한국 여자야구의 지속적인 발전과 야구의 철학적 가치를 담아낸『그라운드의 기술, 마음의 야구』의 출간을 진심으로 축하하며, 야구의 미래를 고민하는 모든 분께 이 책을 추천합니다.

임혜진_ 한국여자야구연맹 회장

　1994년 LG 배터리 코치로 만난 박용진 감독님은 이미 선수들 사이에서 깊은 신뢰를 받고 계셨습니다. 다정한 말투와 온화한 눈빛 뒤에는 누구보다 단단한 철학이 있었고, 그 철학은 지도자의 일관된 삶으로 증명되었습니다.

　그라운드에서 선수들이 흔들릴 때 가장 먼저 다가가던 분이었고, 실패 속에서 기회를 찾게 하는 분이었습니다. 단순히 야구를 가르치는 것이 아니라 사람을 일으키고, 꿈을 끝까지 지켜보는 분이었습니다.

　그 시절, 저 역시 감독님 곁에서 많은 것을 배웠습니다. 야구 기술보다 더 소중한 지도자의 자세, 사람을 대하는 태도를 말입니다. 이 책은 그런 박용진 감독님의 마음과 길을 고스란히 담고 있는 귀한 증언이라 생각합니다. 반드시 읽어야 할 책입니다.

박철영_ 전 LG·SK·KT 코치

박용진 감독님의 『그라운드의 기술, 마음의 야구』는 바로 제가 리틀야구를 통해 우리 아이들에게 심어주고 싶었던 철학과 인성 교육의 정수를 담고 있습니다.

이 책은 야구 경기 속에서 마주하는 수많은 상황, 즉 실패를 딛고 일어서는 용기, 팀을 위한 희생, 그리고 정정당당한 스포츠맨십이 어떻게 한 사람의 인생을 바꾸는 중요한 자산이 되는지를 깊이 있게 통찰합니다.

유소년 야구는 단순히 재능을 키우는 곳이 아니라, 건강한 대한민국의 미래 인재를 양성하는 요람이어야 합니다. 이 책은 지도자와 학부모, 그리고 아이들 모두에게 야구를 통해 더 나은 사람이 되는 방법을 제시하는 귀한 나침반이 될 것입니다.

이 책이 한국 야구와 교육계에 큰 울림을 주기를 진심으로 바라며, 『그라운드의 기술, 마음의 야구』의 일독을 추천합니다.

김승우_ 영화배우·한국리틀야구연맹 회장

승리보다 먼 길을 걸어오며

야구장을 단순한 경기장이 아닌 삶의 무대로 바라보게 된 건 어느 순간부터였다. 먼지 속에서 무거운 패배를 안고 더그아웃에 앉아 있던 나는 문득 마음속으로 말했다.

"이 아이들이 좌절하지 않고 일어서게 해주소서."

그때 알았다. 나는 코치이기 전에, 그라운드 위에서 기도하는 사람이었다는 것을. 야구는 단순한 승패의 기록이 아니라, 꿈이 싹트고 용기가 자라는 공간이었다. 배트 하나로 희망을 심고, 실패한 아이의 눈빛 속에 다시 일어설 힘을 불어넣어야 하는 자리였다.

대구의 골목과 운동장에서 처음 공을 잡았던 어린 시절, 우리는 흙먼지 속에서 부딪히며 기쁨과 아쉬움을 함께 배웠다. 선린상업고에서의 시간은 야구를 이해하고 철학을 배우는 시간으로 바뀌었다. 엄격한 감독님과 선배들의 가르침과 훈련 속에서 인내와 책임, 팀워크의 가치를 체득했다.

1966년 황금사자기 전국대회에서 맞닥뜨린 승리와 패배, 희망과 절망의 경계는 내 안에 지도자로서의 불꽃을 지폈다. 그 불꽃이 나를 앞으로 나아가게 했다. 고교야구 감독부터 MBC 청룡, 삼성 라이온즈, LG 트윈스까지 거치는 동안, 나는 경험과 사람을 통해 더욱 단단해졌다. 유니폼은 바뀌었지만 야구를 바라보는 마음은 변함없었다.

KBO, 한화 이글스, 우리 히어로즈를 거쳐 리틀야구단까지, 나는 함께한 사람들과의 모든 순간을 마음속 깊이 간직했다. 그들의 조언과 격려, 때로는 날카로운 질책이 내 성장의 밑거름이 되었다. 삶과 야구 속에서 쌓인 기억들은 하나하나 모여 나의 이야기를 이루었다. 그라운드에서 땀을 흘리고, 긴 기다림과 도전을 겪으며, 나는 늘 마음속으로 기도하며 야구와 함께 걸어왔다.

이 책은 1958년 대구 옥산초등학교에서 야구를 처음 잡은 한 소년이, 2025년까지 쉼 없이 걸어온 길을 기록한 것이다. 화려하지 않아도, 흙먼지 속에서 만들어진 경험과 순간들이 나를 이끌었다.

나는 그 소중한 기억들을 글로 남기며, 다시 한번 되새기고자 했다.

이 글이 세상에 나오기까지, 야구를 아껴 주시고 그라운드의 시간을 함께한 많은 분들의 격려가 큰 힘이 되었다. 나의 야구 철학과 현장에서 배운 테크닉을 믿어 수신 덕분에 책상 앞에 앉을 수 있었고, 하루를 기도로 시작하며 이 글이 내 말이 아닌 주님께서 허락하신 고백이 되기를 바랐다.

이 책은 단순한 야구 기술서가 아니다. 그라운드에서 흘린 땀, 더그아웃에서 삼킨 말들, 선수의 눈빛 앞에서 스스로에게 던진 질문들이 한 글자 한 글자에 스며 있는 '마음의 기록'이다. 이 책이 리틀야구 어린 선수에게는 길이 되고, 학생야구와 프로 지도자에게는 잠시 멈춰 돌아보는 거울이 되기를 바란다. 선수든 지도자든 각자의 자리에서 야구를 조금 더 깊이 사랑하는 데 작은 도움이 된다면 충분하다.

야구 인생을 돌아보면, 나는 늘 혼자가 아니었다. 1979년부터 35년 동안 한결같은 후원자였던 박종구, 운성도, 송기춘, 강경석, 그리고 무지개 리틀야구단의 정신적 동지 김성봉, 서완석 등 부족한 나를 믿고 품어 준 분들과 끝까지 함께해 준 제자들이 있었기에 여기까지 올 수 있었다.

  특히 흔들리던 시간에도 기다려 주신 부모님, 하늘나라에 있는 아내 김난숙, 딸 예완과 사위 김종필, 아들 중은, 처조카 김신아의 조용한 응원과 헌신이 없었다면 이 길을 끝까지 걸을 수 없었을 것이다. 이 책을 이 모든 분들께 바친다.

2026년 1월

박용진

차례

1장   야구를 가르치다_ 철학과 실천

2장   그라운드에서 무릎 꿇은 인생

3장 박용진의 야구 생각

야구를 가르치다_ 철학과 실천

이 책이 선수에게는 성찰의 거울, 코치에게는 철학의 등불,
지도자를 꿈꾸는 이에게는 첫 훈련장이 되기를 바란다.
"야구는 생각의 경기"이다. 그리고 생각은 철학이 되어야 한다.
야구는 몸으로 시작하지만 머리와 가슴으로 완성된다.
지도자는 승리보다 인격을, 기록보다 사람을 남긴다.

야구는 철학이다

나는 야구를 인생처럼 배웠다.

공 하나, 스트라이크 하나에 모든 것이 뒤집히는 세계 속에서

인간의 한계를 보고, 다시 일어서는 법을 배웠다.

야구는 단순한 기술의 집합이 아니다.

그것은 실패와 성공을 오가며, 끊임없이 자신을 단련해가는

철학의 여정이다.

야구란 무엇인가

야구에는 끝이 없다.

졸업이란 말도, 완성이라는 말도 존재하지 않는다.

가도 가도 끝이 보이지 않는 먼 길, 그 길을 걷는 우리는

결국 순례자다.

야구는 단순히 공을 던지고 치는 경기 같지만,
사실 그 속엔 인생의 본질이 숨어 있다.
실패를 견디는 인내, 실수를 인정하는 용기,
그리고 다시 일어서는 마음.
이 세 가지가 야구를 움직이는 진짜 힘이다.

야구의 매 순간은 판단과 선택으로 이어진다.
선수는 끊임없이 고민하고, 실수 속에서 성장한다.
그래서 나는 종종 이렇게 말했다.
"야구는 기술이 아니라 철학이다."

멘탈, 보이지 않는 경기력

야구는 멘탈의 경기다.
몸으로 하는 게임 같지만, 결국 마음이 이긴다.
멘탈은 단순한 정신력이 아니라, 상황을 읽고
감정을 다스리는 능력이다.

야구에서 기술은 훈련으로 빠르게 성장하지만,
멘탈은 오랜 시간의 반복과 경험을 통해 단단해진다.
멘탈이 흔들리면 기술도 무너진다.
기량이 아무리 뛰어나도, 마음이 불안하면 공은

스트라이크존을 벗어난다.

나는 선수들에게 늘 말했다.
"멘탈은 기술보다 깊다. 기술이 몸을 움직이면,
멘탈은 그 몸을 지탱한다."

멘탈은 하루아침에 만들어지지 않는다.
루틴, 시각화, 복기, 호흡조절….
이 모든 작은 습관들이 쌓여 하나의 마음을 단단하게 세운다.
멘탈은 반복의 기억 속에서 길러진다.

멘탈이 흔들릴 때 나타나는 신호는 명확하다.
루틴이 무너지고, 타석에서 조급해지고, 마운드 위에서
표정이 굳는다.
이때 지도자는 기술보다 심리를 먼저 읽어야 한다.
위기를 견뎌낸 기억이 결국 멘탈을 만든다.

멘탈은 혼자 만드는 것이 아니다.
팀의 공기, 동료의 시선, 벤치의 기운….
그 모든 것이 한 사람의 멘탈을 끌어올린다.

강한 팀은 서로를 믿는 팀이다.
그 믿음이 쌓일 때, 실수는 두려움이 아니라 성장의 발판이 된다.

"멘탈은 기술의 마지막이다.

그것이 없으면 아무리 뛰어난 재능도 빛나지 못한다."

멘탈은 공보다 무겁고, 에러보다 오래 남는다.

멘탈의 세 축: 집중, 복기, 회복

멘탈은 경기력의 뿌리다.

그 안에는 세 가지의 축이 있다.

- 집중: 현재 상황에 몰입하는 능력.
- 복기: 실수를 분석하고 받아들이는 힘.
- 회복: 실패 후 다시 자신의 루틴으로 돌아오는 탄력성.

멘탈이란 이 세 가지가 조화를 이룰 때 완성된다.

좋은 멘탈을 만드는 환경은 기술보다 더 중요하다.

지도자의 말 한마디, 동료의 박수 하나가 선수를 일으킨다.

혼내기보다 기다림, 지적보다 함께 걷는 시선이 필요하다.

멘탈은 야단으로 자라지 않는다.

기다림 속에서 자라고, 믿음 속에서 단단해진다.

루틴은 멘탈의 근육이다.

멘탈이 강한 선수는 루틴이 확실한 선수다.

타석 전의 호흡, 수비 전의 집중 루틴, 이닝 전의 자기 점검.

이 일상의 반복이 불안한 생각을 차단하고

"할 수 있다"는 확신을 만든다.

루틴 없는 자신감은 한순간의 허상이다.

그래서 나는 선수들에게 말했다.

"루틴을 잃지 마라.

그게 네 마음의 닻이다."

루틴이 무너진 선수는 기술보다 멘탈이 먼저 흔들린다.

그래서 코치는 기술을 가르치는 사람이 아니라

멘탈을 읽어주는 사람이 되어야 한다.

지도자의 눈빛 하나, 한마디가 선수의 멘탈을 붙잡는다.

"왜 그 공을 쳤어?"가 아니라

"그때 어떤 생각을 했니?"

그 질문 하나가 선수의 마음을 바꾼다.

실수의 철학: 복원과 성장

야구에서 중요한 것은 실패 자체가 아니다.
그 실패를 어떻게 해석하느냐가 문제다.
다음 경기를 위한 회복은 단순한 체력의 문제가 아니다.
그건 마음의 복원력이다.
감독의 한마디, 벤치의 격려, 그리고 자기 자신과의 대화가
선수의 멘탈을 다시 일으킨다.

야구의 본질은 실수를 얼마나 줄이고,
실수 이후 얼마나 빨리 회복하느냐에 있다.

야구에서 완벽은 환상이다.
실수 없는 야구는 없다.
타자는 10번 중 3번만 안타를 쳐도 성공이고,
투수는 3점대 방어율이면 좋은 투수다.

야구는 실패가 전제된 경기다.
따라서 중요한 것은 실수가 아니라 그 다음 행동이다.

실수한 선수를 혼내지 말고 회복하게 하라.
야수가 실책을 하면 그 다음 플레이가 더 중요하다.
"괜찮다. 다음 플레이 준비하자."

그 한마디가 팀의 철학을 바꾼다.

지도자가 실수를 문제 삼으면, 팀은 위축된다.
하지만 실수를 배움으로 바꾸면, 팀은 성장한다.

MLB의 코치들은 실수를 전제로 경기를 설계한다.
반면 KBO는 여전히 실수에 민감하다.
그러나 실패를 수용하는 태도가 지도자의 품격이다.

야구는 결국 인생과 같다.
완벽을 추구하는 것이 아니라,
실수를 극복하며 성장하는 게임이다.

판단의 예술, 야구 IQ

야구 IQ는 단순한 규칙의 이해가 아니다.
상황 판단력, 경기의 흐름을 읽는 직관,
전광판 너머를 보는 눈이다.

야구는 정보의 바다다.
타자의 성향, 투수의 리듬, 수비 위치,
좋은 선수는 그것을 눈으로 보고 머리로 정리한다.

야구 IQ는 타고나는 것이 아니다.
복기, 영상 분석, 시뮬레이션 훈련을 통해 길러진다.

나는 선수들에게 자주 물었다.
"이 상황에서 넌 어떻게 했겠니?"
그 질문 하나가 사고를 열고, 판단을 훈련시킨다.

결과만 지적하지 말고, 판단의 이유를 함께 복기하라.
야구 IQ는 천재성에서 오지 않는다.
환경과 훈련, 그리고 질문에서 자란다.

"야구는 기록의 스포츠가 아니라 판단의 예술이다."

생각 없는 행동은 실패로 돌아온다.
생각하는 야구가 진짜 야구다.

팀의 철학, 지도자의 철학

야구는 결국 사람의 경기다.
선수 개개인의 철학이 모여 팀의 색깔을 만든다.

지도자의 말 한마디가 경기의 흐름을 바꾼다.

한숨보다 격려가, 꾸중보다 기다림이 팀을 살린다.

멘탈은 혼자가 아니라 함께 만드는 것이다.
벤치의 공기, 동료의 시선, 지도자의 믿음이
모두 한 선수의 멘탈을 세운다.

멘탈이 강한 팀은 서로를 신뢰한다.
그 신뢰가 위기에서 팀을 구한다.
지도자의 철학이 곧 팀의 철학이다.

야구, 그리고 인생

세월이 흐르고, 나는 이제 경기를 벤치가 아닌 관중석에서 본다.
젊은 선수들이 땀 흘리며 공을 던지고, 실수하고, 웃는다.
그 모습을 보며 나는 내 젊은 날을 떠올린다.

그땐 몰랐다.
야구가 이렇게 깊은 철학을 품고 있는 줄을.

야구는 기술의 경기이면서 마음의 여정이다.
멘탈은 기술보다 깊고, 기록보다 무겁다.
실수는 실패가 아니라 성장의 흔적이다.

그리고 진짜 승부는 언제나 자기 자신과의 싸움이다.

"야구는 기록의 게임이 아니다. 마음의 훈련이다.
흔들리지 않는 자만이 끝까지 이긴다."

이것이 내가 평생 야구를 하며 배운 진리다.

야구는 결국 사람을 가르친다.
실수를 두려워하지 말고,
결과보다 과정을 신뢰하며,
끝까지 흔들리지 않는 마음을 가지는 것.

그것이 내가 믿는 야구의 철학, 그리고 인생의 철학이다.

투수

마운드 위의 철학자

나는 늘 이렇게 말하곤 했다.
"야구의 70퍼센트는 투수다."

어떤 이는 90퍼센트라고도 말하고,
어떤 이는 50퍼센트라 말하지만,
내가 평생 야구를 하며 얻은 결론은 단 하나였다.

피칭이야말로 야구의 중심이며, 야구의 영혼이다.
투수는 단순히 공을 던지는 사람이 아니다.
그는 경기의 리듬을 설계하고, 흐름을 쥐고, 상대의 심리를
흔드는 지휘자다.

경기장에서 피칭은 단순한 기술이 아니라,
'리듬과 싸움의 예술'이다.

나는 투수를 '마운드 위의 작곡가'라 불러왔다.
그가 만들어내는 한 구 한 구의 리듬이 곧 경기의 음악이었다.

리듬·템포·타이밍

야구는 리듬의 경기다.
그리고 투수는 그 리듬을 주도하는 사람이다.
공 하나하나의 템포, 투구 동작의 타이밍이
상대 타자의 심리를 흔드는 가장 강력한 무기다.

나는 늘 선수들에게 말했다.
"투구는 기술이 아니라 흐름의 디자인이다."

바른 투구 자세
앞발이 지면에 완전히 고정돼 있고, 양 다리의 간격은 어깨보다 넓다. 다리와 지면 반력으로 시작되는 투구를 위해 상체는 뒤쪽의 회전을 유지한다. 공을 던지는 팔의 팔꿈치가 어깨선 근처에 있으며 손은 머리보다 약간 위이다. 글러브는 과하게 벌어지지 않고 몸쪽으로 접혀 있어 중심을 유지해 준다. 머리 위치는 중심축 위로 시선은 포수 방향을 향한다.

좋은 투수는 '공을 던지는 사람'이 아니라
경기의 공기를 바꾸는 사람이다.
그의 리듬, 그의 표정, 그의 템포가
그라운드 전체의 호흡을 바꾼다.

투구는 하체가 시작하고, 몸의 중심을 거쳐 팔이 완성한다.
팔은 마지막에 참여할 뿐, 중심은 하체와 코어다.
복부, 허리, 엉덩이, 골반, 이 모든 것이 하나의 유기적 리듬으로
움직여야 한다.
하체→ 중심→ 팔, 이 순서가 무너지면 제구도 무너진다.

타자를 요리하는 법은 단순하지 않다.
같은 구종이라도 속도, 높이, 타이밍의 조합에 따라
전혀 다른 결과를 만든다.
좋은 투수는 많은 구종보다 상황에 맞는 '맞춤 선택'을
아는 사람이다.
피칭은 배합의 과학이자, 심리전의 전술이다.

제구와 볼 배합

좋은 투수는 강속구보다 '정확한 제구력'을 갖춘 투수다.
볼 배합은 포수와의 호흡, 그리고 타자의 성향 분석을 바탕으로

만들어진다.

제구는 단순한 기술이 아니다.

그것은 정신력과 감각, 그리고 수천 번의 반복이 만든 결과다.

볼넷은 언제나 신호였다.

"리듬이 무너지고 있다."

그럴 때일수록 투수는 호흡을 고르고 루틴을 되찾아야 한다.

스트라이크를 던지는 것보다 중요한 것은 '원하는 곳에'
던지는 것이다.

그게 제구의 본질이다.

포수와의 시선을 믿는 것, 그것 또한 제구의 일부다.

투수는 언제나 자기 자신과 싸운다.

실투 이후의 한 공, 볼넷 이후의 한 타자,

이때 무너지는 것은 타자가 아니라 투수의 마음이다.

포커페이스, 호흡 조절, 루틴의 반복.

이 세 가지가 자신을 붙잡는 방법이다.

그래서 나는 종종 이렇게 말했다.

"투수는 외로운 철학자다.

그는 마운드 위에서 자신과 싸운다."

루틴·회복·멘탈

투수에게 루틴은 나침반이다.
경기 전의 루틴은 자신감을 만들고,
경기 후의 루틴은 다시 다음을 준비하게 한다.
멘탈이 흔들리면, 아무리 좋은 투수라도 오래가지 못한다.

나는 선수들에게 루틴을 세분화해 가르쳤다.

- 경기 전 루틴: 캐치볼, 하체 가동, 멘탈 이미지 트레이닝.
- 이닝 사이 루틴: 호흡, 포수와의 교감, 스텝 조정.
- 경기 후 루틴: 회복 운동, 멘탈 복기, 기록 정리.

루틴은 단순한 습관이 아니라 '멘탈을 지켜주는 의식'이다.
선발과 불펜은 다르다.
선발은 경기의 기조를 설계하는 사람이고,
불펜은 흐름을 바꾸는 소방수다.
준비 방식이 다르고, 리듬이 다르며, 시간의 감각조차 다르다.
하지만 공통점이 있다.
그들 모두는 '던질 준비가 된 사람'이어야 한다.

투수 지도에서 우리는 종종 제구나 구속만을 강조한다.
하지만 진정한 투수란 '왜 이 공을 지금 던지는가'를

아는 사람이다.

그 이유를 이해하지 못한 공은 의미 없는 공이다.

리듬의 철학

야수들은 빠른 투수보다 리듬이 일정한 투수를 좋아한다.

리듬은 단지 동작의 속도만이 아니다.

이닝과 이닝 사이의 준비, 견제와 투구 사이의 템포,

위기 속에서의 감정 조절까지 포함된다.

템포가 빠른 투수는 성급한 실투를 낳고,

느린 투수는 야수의 집중력을 떨어뜨린다.

균형 잡힌 리듬과 간헐적 템포 조절이야말로

마운드 위 심리전의 가장 강력한 무기다.

리듬이 무너지면 경기 전체가 흔들린다.

마운드는 기술보다 마음의 템포로 지배된다.

상황별 승부 전략

주자, 카운트, 점수.

모든 상황은 다르고, 투수의 선택도 달라야 한다.
어떤 순간에도 선택을 믿는 것이 진짜 승부사의 자세다.

경기에서 중요한 것은 한 가지 구종으로 타자를
압도하는 것이 아니다.
모든 투수의 진실은 여기에 있다.
스트라이크존을 수평과 수직으로 나누고,
각도와 타이밍을 섞어 타자의 시선을 흔드는 것.

몸쪽 빠른 볼로 인식시킨 뒤 바깥쪽 슬라이더로 결정한다.
높은 공을 의식하게 한 뒤 낮은 유인구로 유도한다.
이것이 코너워크의 본질이다.
한 타석에 집착하지 않고 흐름을 조율할 수 있는 정신력,
실수 뒤에도 똑같은 루틴으로 회복하는 태도,
불리한 카운트에서도 미소 지으며 다음 공을 던지는 자신감.
그것이 진짜 투수의 멘탈이다.

마운드에서 가장 큰 적은 오직 '자기 자신'이다.

포수와의 교감

투수에게 포수는 거울이다.

사인은 단순한 신호가 아니라 신뢰의 언어다.

포수의 사인에 의문을 품은 채 던지는 공은
이미 힘을 잃은 공이다.
코치의 지시가 있어도 포수와의 기본적인 신뢰가 없다면
그 사인은 종이 위의 글자에 불과하다.

진정한 교감은 말없이 통한다.
포수가 사인을 내고, 투수가 고개를 끄덕이는 그 짧은 순간,
두 사람은 이미 같은 그림을 그리고 있다.
사인대로 던지는 것보다 중요한 것은,
그 사인의 이유를 이해하는 것이다.

불펜과 자기 관리

경기 없는 날의 불펜은, 경기 그 자체만큼 중요하다.
폼 점검, 멘탈 정비, 시뮬레이션 투구….
이 반복 속에서 진짜 투수가 만들어진다.

경기에 나서지 않는 날도 루틴을 지키는 투수,
그가 바로 언제든 준비된 선수다.
불펜 피칭의 루틴은 자기 관리의 핵심이며,

꾸준함이 완성도를 만든다.

이닝별 피칭 플랜, 경기 전 루틴,
모든 것이 안정감을 만든다.
투수는 팔로 공을 던지지만, '머리로 경기를 지배한다.'
투수를 키운다는 것은 하나의 경기를 설계할 줄 아는 선수를
키우는 일이다.

마운드의 철학

투수는 경기 전체를 움직이는 중심이다.
그의 무기는 구속이 아니라 경기 운용력,
구종이 아니라 상황 판단력,
기술이 아니라 멘탈과 리듬이다.

마운드에서의 위기 관리,
실책 이후의 첫 투구는 곧 멘탈의 시험이다.
불리한 카운트에서도 과감하게 바깥쪽 체인지업을
던질 수 있는 용기,
그것이 진짜 투수의 침착함이다.

사인은 포수와의 보이지 않는 대화다.

그것은 언어가 아니라 신뢰의 표현이다.
커뮤니케이션이 무너지면 경기 전체가 흔들린다.
"내 사인대로 던져줘"가 아니라
"이 사인을 낸 이유를 함께 이해하자."
이 생각이 팀을 지킨다.

투수는 기술자가 아니다.
그는 경기의 철학자다.
한 공에 담긴 생각과 감정, 리듬과 호흡,
그 모든 것이 야구의 본질을 만든다.

경기란 결국 한 투수의 리듬 위에서 움직인다.
리듬이 깨지면 팀이 흔들리고,
멘탈이 무너지면 경기의 온도마저 달라진다.

나는 평생 마운드를 지켜보며 이 사실을 배웠다.
'투수는 경기의 심장이자, 야구의 사상가다.'
그가 던지는 공은 단순한 공이 아니다.
그건 생각의 궤적이며, 철학의 표현이다.

*"공을 던지는 사람은 많지만,
경기를 던지는 사람은 드물다."*

송구

기술보다 신뢰로

송구는 팔의 힘이 아니라
마음의 리듬으로 완성된다.

던진다는 것의 의미

야구에서 송구는 단순한 동작이 아니다.
던진다는 것은 신뢰를 건네는 행위다.
공은 손을 떠나지만, 마음은 함께 날아간다.

좋은 송구는 빠름이 아니라 '의도'에서 시작된다.
'어디로, 왜, 어떻게 던지는가.'
이 세 가지 질문에 답할 수 있을 때, 송구는 기술을 넘어
철학이 된다.

야구의 흐름은 공이 움직일 때 살아난다.
수비가 완성되는 순간은 공이 잡히는 때가 아니라,
정확히 던져질 때이다.
송구는 경기를 마무리 짓는 문장부호와 같다.

팔보다 하체, 힘보다 조화

던지는 동작은 팔에서 시작되는 것 같지만,
사실은 하체에서 출발한다.
발끝이 방향을 정하고, 무릎이 리듬을 만들며,
코어가 에너지를 전달한다.
팔은 단지 마지막 전달자일 뿐이다.

'하체→ 중심→ 팔'의 순서가 무너지면,
공이 빠를 수는 있어도 정확하지 않다.
리듬이 깨진 송구는 소리만 요란할 뿐, 목적지를 잃는다.

좋은 송구는 강한 어깨에서 나오지 않는다.
균형 잡힌 몸, 리듬을 아는 몸에서 나온다.
그 리듬이 곧 '던지는 사람의 사고'이며,
리듬이 곧 신뢰의 속도다.

빠름보다 신뢰

송구의 본질은 '정확도'다.
빠른 송구는 순간의 힘이지만, 정확한 송구는 반복의 결과다.
코치는 선수에게 항상 말해야 한다.
"빨리 던지려 하지 말고, 정확히 던져라."

1루수의 글러브에 공이 꽂히는 순간,
단순히 아웃카운트를 올리는 것이 아니다.
그 공에는 팀의 신뢰가 담겨 있다.
한 번의 정확한 송구는 팀 전체의 리듬을 안정시킨다.
공을 던지는 행위는 단순하지만,

바른 송구 자세
야수의 송구는 매번 다른 환경에서
이동 중에 던진다. 따라서 '완벽한
준비 동작'이랄 것은 없으나 짧고
직선적인 팔 스윙, 짧고 간결한 팔
로스루가 중요하다. 중심축을 유지
하고, 앞발을 빠르게 고정시키고,
상체를 과도하게 비틀지 않는다. 팔
꿈치는 어깨선 근처에 온다. 투수보
다 짧고 컴팩트한 동작이 핵심이다.

그 단순함 속에 수천 번의 훈련과 사고의 축적이 있다.
송구는 반복이 아니라, 루틴의 완성이다.

송구는 각자 다르다

모든 포지션에는 고유한 송구의 문법이 있다.

내야수의 송구는 빠름과 정확도의 교차점이다.
짧은 보폭, 빠른 릴리스, 최소한의 동작으로 아웃을 만든다.
한 걸음이 늦으면 병살은 무너진다.

외야수의 송구는 힘이 아니라 궤적의 예술이다.
한 줄의 라인을 그리듯 던져야 한다.
중계 선수를 향한 송구는 구장의 공기를 가르고,
포수의 미트까지 정확히 연결되어야 한다.

포수의 송구는 결정의 순간이다.
짧은 거리, 빠른 손목, 그리고 즉각적인 판단.
포수의 송구 하나가 경기의 리듬을 바꾸기도 한다.

각자의 송구에는 각자의 역할이 있다.
그러나 그 본질은 하나다, 책임감.

던진 공은 되돌릴 수 없다.

따라서 송구는 언제나 '결정의 행위'이다.

악송구의 교훈

2군 외야수 한 명이 있었다.

강한 어깨를 가졌지만 공이 자주 빗나갔다.

나는 기술을 교정하지 않았다.

대신 그를 데리고 언덕에 올라 구장을 함께 바라봤다.

"공을 던지기 전에, 네가 던지는 이유를 생각해보자."

그는 아무 말 없이 구장을 바라보다가,

조용히 고개를 끄덕였다.

잠시 후, 그는 공을 던졌다.

송구는 이전보다 부드럽고, 조용했으며, 정확했다.

그날 나는 확신했다.

좋은 송구는 팔에서 나오는 것이 아니라 생각에서 나온다.

또 하나의 기억이 있다.

1967년, 실업팀의 3루수 한 명은 공을 던질 때마다 "아야야"
소리를 냈다.

그 소리가 들리면 공은 어김없이 1루수를 넘어갔다.

그에게 부족한 건 팔의 힘이 아니라, 포심(four-seam)의
감각이었다.
가슴으로 당겨 포심을 만든 후 송구해야 정확한 궤적이
만들어진다.
공을 '던지는' 것이 아니라 '보내는' 마음이 필요했다.

팔 관리, 생명을 지키는 루틴

송구는 선수의 팔로 완성되지만,
그 팔은 하루아침에 만들어지지 않는다.
훈련의 강도보다 중요한 것은 회복의 리듬이다.

어깨를 열기 전에 팔을 돌리고,
훈련 후에는 반드시 냉찜질로 근육을 가라앉힌다.
통증을 참는 선수는 강해 보이지만 오래가지 못한다.
자신의 몸을 이해하는 선수가 진짜 프로다.

팔의 건강은 기술의 연장이다.
지속 가능한 송구가 결국 긴 선수 생명을 만든다.

던짐의 본질을 가르치라

코치는 송구를 가르치는 사람이 아니다.
송구를 이해하게 하는 사람이다.
"공을 던져라"가 아니라
"왜 그 방향으로 던져야 하는가"를 묻는 사람이 되어야 한다.

선수는 코치의 말보다 눈빛을 먼저 배운다.
코치는 말로 지시하지 말고, 던지는 자세로 가르쳐야 한다.
말보다 중요한 건 기다림이다.
생각이 쌓일 시간을 주어야 기술이 몸으로 스민다.

기술이 아니라 신뢰다

송구는 경기의 마지막 언어다.
그 공이 어디에 도착하느냐보다
어떤 마음으로 던졌느냐가 더 중요하다.

한 번의 좋은 송구는 팀을 살리고,
한 번의 악송구는 경기의 리듬을 무너뜨린다.
그 차이는 기술이 아니라 마음가짐이다.

야구는 던짐으로 시작해 던짐으로 끝난다.
따라서 송구는 단순한 기술이 아니라,
야구 전체를 연결하는 약속의 행위다.

   공은 떠나지만, 신뢰는 남는다.

이것이 송구의 철학이다.

송구

야구에서 야수가 수행하는 송구(Throwing)는 단순히 '공을 던지는 동작'이 아니라 지면에서 시작된 힘이 하체와 코어, 상체를 거쳐 손끝까지 이어지는 에너지 전달의 과정이며, 이는 운동 사슬(kinetic chain)에 기반한 기술적 움직임이다.

송구의 힘은 지면을 밟는 하체에서 먼저 생성되며, 이 힘은 다리와 골반, 몸통을 거쳐 어깨와 팔, 손목으로 이어진 뒤 공으로 전달된다. 이때 팔은 단순히 최종 전달자일 뿐, 속도와 정확성을 만드는 주체는 하체와 코어이다. 따라서 하체가 안정적으로 힘을 전달하지 못하면 팔이 과도하게 사용되고, 이는 곧 팔꿈치와 어깨에 부담을 만들며 정확도와 반복성을 떨어뜨리는 주요 원인이 된다.

송구의 핵심은 큰 근육이 만든 힘을 작은 근육이 받아 전달하는 연속적 가속 과정이며, 특히 골반과 어깨가 회전 타이밍을 다르게 가져가는 힙-숄더 분리 (Hip-Shoulder Separation)는 송구 속도와 라인 형성에 중요한 역할을 한다. 이 연결이 안정적으로 반복될 때 속도, 정확성, 신뢰성 모두를 갖춘 수준 높은 기술이 된다.

송구 동작은 다음 여섯 단계로 설명할 수 있다.

① **밸런스·로드 페이즈:** 몸의 중심을 안정시키며 뒷다리와 힙에 체중을 싣는 과정이다. 뒷다리 힙에 하중을 싣고 무릎을 적절히 굽혀 지면 반력을 받을 준비를 하는 것이 핵심이다. 상체가 과도하게 기울어지거나 글러브 사이드가 빨리 열리면 체중 이동과 코어 회전이 무너져 이후 동작 전체가 흔들린다.

② **스트라이드:** 야수의 스트라이드는 투수처럼 길게 가져가기보다는 상황에 따라 짧고 빠르게 가져가는 경우가 많다. 착지 발은 타깃 방향으로 가볍게 오픈되고, 착지 순간 골반은 회전을 시작하지만 어깨는 닫힌 상태를 유지해 분리를 만든다. 스트라이드가 흔들리면 릴리스 방향이 불안해지고 공이 떠버리거나 땅으로 파고드는 등 제구 문제가 발생한다.

③ **암코킹:** 견갑골을 안정적으로 모으며 탄성 에너지를 만드는 과정이다. 팔꿈치는 어깨선과 비슷한 높이에서 올라와야 하며, 골반이 회전한 뒤 몸통이 돌아가고 그 흐름에 맞춰 팔이 자연스럽게 뒤로 올라가야 한다. 팔이 뒤에 남는 패턴이나 팔만 먼저 뒤로 빠지는 분리 손실 패턴은 속도를 떨어뜨리고 팔꿈치 스트레스를 증가시키는 주요 원인이다.

④ **가속:** 하체와 몸통의 회전 에너지가 팔로 전달되며 실제로 공의 속도가 생성된다. 몸통 회전이 팔을 끌어내는 느낌이어야 하고, 팔은 에너지를 직접 만들기보다는 전달하는 역할을 해야 한다. 야수는 투수처럼 길고 큰 가속 구간을 만들기보다는 짧고 폭발적인 가속을 통해 빠르게 공을 릴리스해야 한다. 이 구간에서 상체가 붕괴되거나 릴리스 타이밍에 어깨가 빨리

열리면 공의 라인이 흐트러진다.

⑤ **릴리스:** 정확한 라인과 각도, 속도가 모두 결정되는 순간이다. 손목 스냅은 과하게 만들어내는 것이 아니라 팔의 흐름 속에서 자연스럽게 나와야 하며, 손은 타깃을 향해 직선 경로로 움직여야 한다. 내야수는 빠른 릴리스가, 외야수는 거리와 각도를 확보한 강한 릴리스가 요구된다. 릴리스 높이나 손목 각도가 일정하지 않으면 스트라이크존의 위아래 통제는 물론 송구 라인 전체가 흔들린다.

⑥ **팔로스루:** 야수의 팔로스루는 투수처럼 길게 가져가지 않더라도, 어깨와 팔꿈치의 충격을 흡수하고 부상을 예방하기 위해 자연스럽고 부드러운 마무리가 필요하다. 팔이 반대쪽 무릎 근처로 자연스럽게 떨어지고, 척추 회전이 부드럽게 멈추며 체중이 앞으로 이동해 균형을 잡는 것이 이상적이다. 팔로스로를 억지로 줄이거나 생략하면 팔꿈치 앞쪽에 큰 부담이 생긴다.

송구는 투구와 겉보기에는 유사하지만 목적과 요구되는 움직임은 다르다. 투구는 구속, 회전, 구질, 그리고 일관된 릴리스 타이밍을 목표로 하지만, 야수의 송구는 그보다 빠른 릴리스, 정확한 각도, 순간적인 반응 속도가 우선된다. 그래서 투수는 큰 지면 반력과 긴 스트라이드를 활용하는 반면, 야수는 짧고 빠른 스트라이드와 즉각적인 릴리스 메커닉을 사용한다. 팔 가속 구간과 팔로스루도 투수보다 훨씬 짧고 단순하며, 회복 동작보다는 다음 플레이를 준비하는 균형 잡힌 재정렬이 더 중요하다.
또한 송구에서는 상황에 따라 다양한 팔 슬롯(arm slot)을 활용해야 한다. 오버핸드는 직선적이고 높은 릴리스로 장거리나 홈송구, 외야 중계 플레이에서 유리하며, ¾ 슬롯은 가장 범용적이고 정확성이 좋다. 사이드암은 빠른 횡무

브와 러닝스로우, 백핸드에서 효과적이다. 야수는 이 슬롯들을 '상황에 맞게 조절할 수 있는 유연성'이 필요하며, 슬롯이 바뀌어도 견갑 안정과 하체-코어 연결 원리는 동일하게 유지되어야 한다.

송구의 품질을 진단하기 위해서는 영상 분석이 도움이 된다. 스트라이드 방향, 힙-숄더 분리, 견갑골 위치, 릴리스 좌표, 팔의 궤적 등을 확인하며, 릴리스가 뒤로 빠지는지, 어깨가 일찍 열리는지, 팔꿈치가 눌리는지 등을 체크해야 한다. 이러한 문제는 힙 드라이브, 스캡 로우, 박스 스트라이드, 빠른 릴리스 드릴 등으로 교정할 수 있다. 특히 내야수는 공을 잡아 들고 릴리스까지 이어지는 '시간 단축'이 중요하며, 외야수는 크로홉을 통한 하체-몸통 연계가 송구 질을 결정한다.

송구는 반복이 만드는 기술이며, 부상 예방은 기본이다. 송구 전 동적 스트레칭과 견갑·로테이터 밴드 운동을 수행해 관절을 깨우고, 롱토스로 몸을 열어가며 강도를 올린 뒤 본 투구에 들어가야 한다. 하루 송구량과 피로도는 꾸준히 기록해야 하며, 릴리스 포인트의 편차가 커지면 이는 피로 신호이므로 강도를 낮춰야 한다.

수비

경기의 흐름을 지키는 철학

수비는 공을 잡는 기술이 아니라 경기의 흐름을 지키는 철학이다.

위치에서 시작되는 기술

수비는 정지된 기술이 아니다.

공을 잡는 행위 이전에 이미 승부가 결정되는 곳이 있다. 그것은 '위치'다.

좋은 수비수는 공을 기다리지 않는다. 공이 오기 전에 그 방향을 예측하며 이미 움직이고 있다.

포지셔닝은 단순히 발의 위치가 아니라 사고의 위치다.

수비는 예측의 예술이며, 판단의 체계다.

지도자가 가르쳐야 할 첫 번째 수비는

기술이 아니라 '왜 거기에 서 있어야 하는가'이다.

타자의 성향, 투수의 구종, 경기 흐름과 점수, 주자 위치를
파악해야 한다.
위치를 아는 자는 공을 잡지 않아도 흐름을 잡는다.

준비와 반응

수비의 질은 '첫 발'에서 결정된다.
눈보다 발이 먼저 움직이는 선수가 진짜 수비수다.
타구가 맞는 순간, 이미 몸은 반응하고 있어야 한다.

야구 경기장은 홈플레이트를 기준으로 부
채꼴 형태인데, 경기에서 생성되는 타구
의 방향과 빈도를 반영한 구조이다. 수비
수의 포지션별 핵심 역할은 다음과 같다.

① **투수:** 투구와 내야 수비의 시작점
② **포수:** 홈플레이트 수비와 투수 리드
③ **1루수:** 송구 처리
④ **2루수:** 중간 타구 처리와 병살 연결
⑤ **3루수:** 강한 타구 대응

⑥ **유격수:** 가장 넓은 범위의 수비
⑦ **좌익수:** 좌측 외야 타구 처리
⑧ **중견수:** 외야 전체 조율 및 가장 넓은
　　　 범위 담당
⑨ **우익수:** 긴 송구 거리 대응

내야수에게는 짧고 강한 첫 발, 외야수에게는 45도 각도의
낙구 판단이 생명이다.
좋은 수비수는 공을 따라가지 않는다.
공을 예측하며, 리듬 속에 반응한다.
그의 첫 발은 단순한 근육의 움직임이 아니라 판단의 결과다.
공을 보는 눈보다 중요한 것은 '상황'을 보는 눈이다.

콜플레이와 신뢰

수비는 혼자 하는 예술이 아니다.
야수들 사이의 콜은 말보다 강한 약속이다.
외야에서는 중견수가 사령관이다.
그의 한마디 "나!"가 좌익수와 우익수를 움직이고, 충돌을 막고,
팀의 생명을 지킨다.
내야에서는 유격수가 지휘자다.
그의 리듬과 목소리가 병살의 템포를 만든다.

좋은 팀은 수비에서 조용하다.
말이 적지만, 서로의 움직임을 알고 있다.
눈빛 하나로, 발소리 하나로, 이미 모든 콜이 오간다.
그것이 팀 수비의 완성이다.

실책 이후의 회복

실수는 누구에게나 있다.
문제는 공을 놓친 그 순간이 아니라, 다음 한 발을 어떻게
내딛느냐이다.
수비는 멘탈의 거울이다.
긴장과 불안, 위축이 손끝을 굳게 만들고, 발을 무겁게 한다.
지도자는 실책을 꾸짖는 사람이 아니다.
왜 그 실수가 나왔는지를 함께 묻는 사람이어야 한다.
그럴 때 수비는 비로소 철학이 된다.

좋은 수비수는 완벽한 선수가 아니다.
실수 후에도 다시 집중할 수 있는 사람이다.
회복은 기술보다 마음의 루틴에서 시작된다.

외야의 계산, 낙구의 예술

외야 수비는 감각과 수학이 만나는 자리다.
공의 속도, 각도, 회전, 바람의 방향, 그리고 태양의 위치.
모든 변수를 계산해 첫 발을 내딛는 것이 외야수의 본질이다.
낙구 지점을 예측하지 못한 한 걸음이 경기의 흐름을 바꾼다.

외야수에게 필요한 것은 강한 어깨보다 정확한 판단이다.

그의 송구 라인은 투수보다 정밀해야 한다.

송구가 아니라 '경로'를 던진다는 생각으로 움직여야 한다.

그 한 줄의 궤적이 경기의 리듬을 결정짓는다.

외야수의 뜬볼 캐칭

타구가 공중으로 뜨는 순간부터 낙하 지점을 예측하고, 상체를 세운 상태에서 시선을 공에 고정하고, 작은 보폭으로 리듬 있게 이동한다. 몸의 중심을 발바닥 중앙에 두고 무릎을 약간 굽힌 상태로 균형을 잡고, 포구 순간 공의 충격을 흡수하듯 약간 뒤로 따라간다. 공을 잡을 때 이미 몸이 송구 방향으로 정렬된 상태여야 하며, 불필요한 동작 없이 바로 던져야 한다.

내야의 감각, 반응의 리듬

내야수의 수비는 발과 손의 리듬이 만든다.

눈보다 발이 먼저, 발보다 손이 늦게.

그 리듬이 무너지면 제구도, 송구도 무너진다.

유격수와 2루수의 교감은 악보 위의 화음처럼 정확해야 한다.

병살 플레이는 기술이 아니라 신뢰의 타이밍이다.

좋은 내야수는 '예측력'이 있는 사람이다.

공이 오기 전에 이미 한 걸음 움직여 있고,

주자가 출발하기 전에 이미 다음 플레이를 생각하고 있다.

내야수의 포구

내야 수비는 타구 속도가 빠르고 반응 시간이 매우 짧기 때문에, 포구 자체보다 준비 자세와 공을 맞이하는 방식이 중요하다. 무릎을 약간 굽히고 상체를 앞으로 기울인 기본 수비 자세를 취하다가, 공이 타구로 바뀌는 순간 공의 방향과 속도를 판단해 가장 안정적인 포구 지점으로 짧고 빠른 스텝으로 이동한다. 고개를 들거나 시선을 떼면 포구 실패 확률이 높아지기 때문에, 내야 수비에서는 "끝까지 본다"는 원칙을 지켜야 한다.

수비는 리더십이다

포수는 그라운드의 감독이다.

그의 눈빛이 투수를 안정시키고,

그의 침묵이 팀의 리듬을 잡는다.

유격수는 내야의 척추이며, 포수와 함께 경기의 중심을 잡는다.

수비 리더십은 목소리가 아니라 태도에서 나온다.

조용히 팀을 움직이는 힘, 그것이 수비의 언어다.

루틴과 집중

수비 훈련은 반복이다.
하지만 단순 반복은 기술이 되지 못한다.
생각하는 반복만이 실수를 줄인다.
펑고 100개보다, 상황을 설정한 펑고 10개가 더 큰 가르침이 된다.

수비 코치는 공을 많이 치는 사람이 아니다.
'왜 그 자리에서 출발해야 하는가'를 설명할 줄 아는 사람이다.
공을 잡기 전에 이미 마음이 준비된 선수가 좋은 수비수다.
루틴은 몸의 기억이 아니라, 사고의 훈련이다.

수비의 철학, 경기의 얼굴

수비는 눈에 띄지 않는다.
그러나 한 번의 호수비가 팀의 공기를 바꾼다.
수비는 공격보다 조용하지만, 더 강력한 흐름의 언어다.
공 하나를 잡는 행위 안에 집중, 예측, 신뢰, 그리고 팀워크가
담겨 있다.

좋은 수비수는 공을 따라가지 않는다.
경기를 읽고, 리듬을 이해하며, 순간을 준비한다.

그는 단순히 '공을 잡는 사람'이 아니라, 경기의 리듬을 설계하는
사람이다.

수비는 점수를 막는 기술이 아니라 흐름을 만드는 기술이다.
예측이 빠르면 수비는 쉬워지고, 예측이 늦으면 실수가 된다.
수비는 반응이 아니라 예측의 예술이다.

지도자는 실책을 혼내기보다, 이해하게 해야 한다.
플레이 하나하나에 이유를 묻고, 루틴을 가르치며,
신뢰를 세워야 한다.
수비는 몸의 훈련이 아니라 사고의 반복이다.

> *"수비가 강한 팀은 결국 무너지지 않는다.*
> *수비는 승리의 그림자이며,*
> *야구의 얼굴이다."*

내야수의 포구 자세

준비 자세

내야수가 수비에 임하기 전 가장 중요한 것은 기본 준비 자세이다. 발 간격은 어깨보다 약간 넓게 벌리고, 체중은 앞발, 즉 발가락 쪽에 실어 균형을 잡는다. 뒤꿈치는 살짝 들린 느낌을 유지하며, 글러브는 무릎 앞, 몸 중앙보다 약간 앞에 위치시킨다. 글러브 위에 맨손(Bare Hand)을 살짝 얹어, 공이 오기 전부터 빠른 교환(Glove to Hand)이 가능하도록 준비한다. 이때 핵심은 '낮고 부드럽게' 자세를 만드는 것이다. 시선은 공의 바운드를 끝까지 추적하며, 몸과 손은 항상 다음 동작을 준비하고 있어야 한다.

포구 자세

공을 실제로 받는 순간, 내야수의 자세는 하체 중심으로 안정되어야 한다. 엉덩이를 낮추고 가슴을 공 쪽으로 내리며, 등은 평평하게 유지한다. 허리가 아닌 무릎을 굽혀 낮은 자세를 만든다. 발은 11자 또는 약간 오픈하며, 공 쪽 발이 조금 더 앞에 위치한다. 글러브는 몸 아래가 아닌 앞쪽에서 공을 맞이하도록 하며, '눈→ 글러브→ 공'이 일직선이 되도록 한다. 포구 순간, 글러브 위 맨손을 활용해 공을 잡자마자 즉시 교환할 수 있도록 한다.

포구 이후 동작

포구 후에는 즉시 송구 준비를 한다. 손은 이미 글러브 앞에 준비되어 있어야 하며, 포구 후 글러브에서 공을 가져오는 동작은 최소화한다. 글러브를 잡아 당기지 않고, 공을 손으로 가져온다는 느낌으로 짧고 빠르게 가슴 중앙까지 이동시킨다. 이 과정에서 발은 자연스럽게 송구 발 위치로 이동하며, '포구→ 글러브 투 핸드→ 스텝→ 송구'의 흐름이 끊기지 않아야 한다.

바운드 공 처리

내야수는 공의 바운드를 읽고 적절히 처리해야 한다.

- 쇼트 바운드: 공격적으로 앞으로 들어가 공과 글러브가 만나는 지점을 만든다. 충격은 글러브 안쪽으로 흡수하며, 뒤로 당기지 않는다.
- 롱 바운드: 공이 높게 튄 후 내려올 때, 낮은 자세를 유지하며, 글러브가 지나치게 앞으로 나가지 않도록 한다. 체중은 뒤→ 앞 순으로 이동하며 흡수 포구를 한다.
- 미들 바운드: 가장 위험한 바운드로, 한 박자 빠르게 들어가 숏 바운드로 만들거나 한 박자 늦춰 롱 바운드로 안정적으로 처리한다.

풋워크

포구와 송구를 연결하는 핵심은 발 움직임이다. 포구 후 첫 스텝은 포구 방향 으로 이동하며, 이후 왼발→오른발 순으로 송구 준비를 완료한다. 좌우로 공 이 크게 벗어나면, '사이드 스텝→ 크로스 스텝→ 포구→ 송구' 순서를 따라 리듬 있게 움직인다.

포구에서 송구까지 '어깨-엉덩이-발끝'이 던질 방향과 일직선이 되도록 하며, 발로 송구의 안정성을 만든다.

훈련 메뉴

내야수의 실전 감각을 높이기 위한 다양한 드릴을 수행할 수 있다.

- 글러브 투 핸드 스피드 드릴: 공 없이 손을 글러브 앞에 넣었다 빼는
  빠른 전환 훈련
- 쇼트 바운드 드릴: 짧은 거리에서 바운드를 공격적으로 처리하는 연습
- 롱 바운드 대응 드릴: 뒤로 물러나며 안정적 포구 감각 훈련
- 좌우 이동 후 포구 드릴: 좌·우 이동 후 포구 및 송구 연습
- 실전형 라인 드릴: 1~3루 송구까지 실제 경기 속도와 동일하게 수행

내야수의 수비에서 좋은 글러브보다 중요한 것은 공의 바운드를 올바르게 선택하고, 이를 안정적으로 포구한 뒤 손에서 글러브로, 그리고 다시 송구로 이어지는 동작의 흐름을 정확하게 유지하는 것임을 유의하자.

외야수의 플라이볼 캐칭

외야수의 플라이볼 수비는 단순히 '날아오는 공을 잡는 것'이 아니라, '출발-판단-이동-포구-송구'까지 하나의 흐름으로 이어지는 연속적 기술이다. 여기서 플라이볼(Fly Ball)은 배트에 맞아 높게 떠오르는 타구(뜬공)를 의미한다. 외야수의 수비는 이 플라이볼을 안정적으로 잡아내는 것에서 시작된다.

① **출발:** 외야수에게 출발 스텝은 모든 플레이의 시작이다. 이때 가장 중요한 원칙은 흔히 말하는 '첫 스텝은 뒤로'다. 공이 앞으로 떨어지는 경우는 늦게라도 보정이 가능하지만, 뒤로 빠지는 공은 한 박자만 늦어도 회복할 수 없다. 따라서 외야수는 타구가 뜨는 순간 판단을 앞서 하려 들지 말고, 먼저 뒤로 반응한 뒤 그다음에 보정하는 것이 기본이다.

출발 시에는 눈의 높이가 흔들리지 않도록 머리의 안정성을 유지해야 한다. 처음 1~2보만으로 시야가 크게 흔들리면 공의 궤도 판단이 틀어지기 때문이다.

초동 판단은 공의 최고점에 도달하기 전까지 계속 업데이트되며, 정확한 판단은 뛰면서 완성된다.

② **타구 판단:** 타구 판단은 플라이볼 수비의 핵심이다. 외야수는 공이 배트에서 떠나는 출발 각도를 가장 먼저 본다. 각도가 높을수록 포물선이 크고 깊게 뻗으며, 평평하게 날아가면 라인드라이브로 이어질 위험이 있다. 특히 낮은 플라이는 언제든 짧게 떨어질 수 있음을 염두에 둬야 한다.
타자의 스윙 궤적도 중요하다. 공을 당겨 친 타구는 빠른 사이드 스핀이 붙어 휘는 각도가 커지고, 밀린 타구는 반대 방향으로 길게 뜬다. 여기에 타구음까지 더해지면 판단이 더욱 정확해진다. 큰 타구음은 타구가 멀리 뻗는 신호이고, 약한 타구음은 짧은 플라이라는 점은 외야수라면 반드시 기억해야 한다. 시각보다 청각 정보가 더 빠를 때도 많기 때문이다.

③ **이동:** 외야수는 절대 공을 향해 곧장 직선으로 뛰지 않는다. 직선 접근은 깊이 변화를 읽기 어렵게 만들고, 타구를 놓칠 가능성을 높인다. 대신 45도 각도의 '엑티브 앵글'로 진입해 공과의 간격을 먼저 확보한 뒤, 거리가 확정되면 직선 주행으로 전환한다.
이때 빠른 다리보다 더 중요한 것은 '첫 라인의 정확성', 즉 각도를 제대로 잡는 것이다. 또한 가능한 한 공보다 뒤쪽을 먼저 선점해 머리 위로 넘어가는 실수를 원천적으로 방지하는 것이 원칙이다.

④ **포구:** 포구 자세는 외야수에게 가장 중요한 기초 기술 중 하나다. 공은 몸보다 살짝 앞쪽, 어깨 위~얼굴 앞 높이에서 잡는 것이 이상적이다. 글러브를 지나치게 높이 들면 공이 시야에서 사라지고, 너무 낮으면 반응이 늦어지기 때문에 균형 잡힌 높이가 필요하다.
플라이볼 포구는 원핸드 캐치가 기본이지만, 반대 손은 늘 보조 역할을 하며 공을 안정시키기 위해 가까이 위치한다. '양손으로 잡는다'는 개념보다

양손으로 공을 안정화한다는 느낌이 맞다.

그다음 송구로 이어지기 위해 포구 순간에는 속도를 줄이는 가속 브레이크가 들어간다. 이는 중심을 잡고 다음 동작으로 자연스럽게 넘어가기 위한 필수 과정이다.

⑤ **송구 준비:** 외야수의 송구는 포구 이후 움직임이 아니라 포구 과정에서 이미 송구 방향을 만들어놓는 것이 핵심이다. 즉 '잡고 돌기'가 아니라 '돌면서 잡기'다. 이를 위해 포구 직전에 어깨와 엉덩이 라인을 내야 방향으로 세팅하고, 공을 잡자마자 발 교환(Replace Step)을 통해 몸의 흐름을 곧바로 송구로 이어나간다. 외야수의 송구는 포물선을 그리는 것이 아니라 컷맨의 가슴 높이로 향하는 낮고 직선적인 라인 송구가 원칙이다.

⑥ **펜스 플레이:** 펜스가 가까워지는 상황에서는 외야수의 감각과 경험이 중요하다. 첫째 달리는 동안 주기적으로 펜스 위치를 확인하고(Check), 둘째 펜스와 접촉하는 순간 손으로 벽을 느끼며 거리 감각을 잡고(Feel), 셋째 점프·몸 틀기 등 필요한 동작을 최종적으로 선택한다(Go). 이 세 단계는 펜스 앞에서의 불필요한 충돌을 막고, 동시에 극적인 수비를 만들어내기 위한 기본 원리다.

⑦ **바람과 환경 요인:** 외야수는 이닝이 바뀔 때마다 반드시 바람의 방향을 확인해야 한다. 타자 쪽에서 불면 타구는 짧아지고, 외야 뒤에서 불면 길어진다. 측면 바람은 타구가 옆으로 미끄러지는 '슬라일' 현상을 강화한다. 또한 햇빛, 조명, 잔디 상태 등 복합적인 환경 요인은 공의 궤적과 시야 확보에 큰 영향을 미치므로, 경기 내내 정보를 갱신하며 준비해야 한다.

⑧ **오버런 조절:** 아무리 빠르게 공을 따라가도, 공이 떨어지는 지점 2~3m 전에서는 반드시 속도를 줄여야 한다. 이 '브레이킹 존'을 확보하지 못하면 공 바로 아래에서 중심을 잃거나 글러브 위치를 흔들리게 되어 포구 확률이 떨어진다. 플라이볼 실수의 상당수가 바로 이 브레이킹 실패에서 시작된다.

타자

본능으로 시작해 이성으로 완성되다

나는 타자를 이렇게 정의한다.

'순간을 기다렸다가 제때 폭발하는 사람.'

타격의 핵심은 힘이 아니라 '타이밍'이다.

공과 배트가 만나는 타점이 곧 생명선이며,

그 찰나를 위해 끝없는 반복과 눈의 집중을 훈련한다.

피아노를 생각해 보라.

음표를 머리로 계산하며 치면 손가락이 멈칫거린다.

완전히 익숙해지면 손이 먼저 알고 건반을 찾아간다.

타격도 같다.

생각으로 휘두르면 이미 늦다.

훈련된 본능으로 반응하되, 그 본능을 이성이 설계해야 한다.

무엇을 생각하느냐가 관건이다.

'투수는 나에게 무엇을 던질 것인가?'

바른 타격 자세
하체에서 생성된 회전 에너지가 몸통을 거쳐 배트로 순차적으로 전달
되는데, 이 과정에서 배트는 몸의 중심 가까이를 지나 스트라이크 존
에 효율적으로 진입한다. 공을 맞히는 순간에도 머리와 시선은 안정
적으로 유지되고, 상체의 기울기가 크게 변하지 않아 배트 궤적이 공
의 비행 경로와 일치한다.

'지금 이닝과 스코어는?'
'이 타석에서 내 임무는?'

타자는 레벨이 올라갈수록 구질·카운트·수비 위치를 읽는 계산된
스윙이 필요하다.
야구는 본능을 절제하고 선택을 조절하는 훈련이다.

좋은 타자는 '공을 보고' 치는 사람이 아니라 '상황을 읽고' 친다.
어떤 공을 칠 것인가보다 왜 그 공을 쳐야 하는가가 핵심이다.

타격의 설계

타격은 빠르게 반응하는 기술이 아니라 제때 반응하는 예술이다.
달려드는 자는 진다.
자신의 타이밍을 끝까지 유지하는 자가 이긴다.
배트 스피드보다 더 중요한 것은 컨택이며,
컨택은 배트 궤도와 임팩트 존의 길이에서 나온다.
강한 타구는 순간의 힘이 아니라 정확한 힘의 전달이다.

타이밍을 설계하는 몸의 순서는 명확하다.
하체→ 코어→ 팔→ 손.
이 균형이 무너지면 모든 것이 무너진다.
자세 교정보다 설계와 이해가 먼저다.
자세를 바꾸기 전에 나는 먼저 묻는다.
"지금 네 느낌은 무엇이냐."
그리고 루틴을 만든다. 경기 전과 타석에 서기 전,
타석에서의 루틴.
루틴은 멘탈의 구심점, 자신의 리듬을 지키며 타이밍을 조절하는
나만의 도구다.
루틴 없는 타격은 감정에 흔들리고, 좋은 타구는 멀어진다.

타격과 타이밍

타자는 생각하며 치지 않는다. 훈련된 본능으로 반응한다.
그러나 무엇을 생각하느냐는 분명하다.
'투수의 패턴, 이닝·점수, 내 임무'.
어린 시절의 타격은 본능에서 시작되지만, 상위 레벨은 계산된
선택이 승부를 가른다.
좋은 타자는 자기 타이밍을 지켜내는 사람이다.

카운트·상황별 접근

1S와 2S, 무사 1루와 2사 만루는 전혀 다른 경기다.
훌륭한 타자는 상황을 읽고 자세·스윙 크기를 달리한다. 이것이
생각하는 타격이다.

카운트 싸움의 전략

- 볼카운트에 따라 스트라이크존을 넓히거나 좁혀라.
- 변화구 대비, 빠른 볼 유도는 배트를 들기 전 이미 시작된
  싸움이다.
- 타격은 생각의 훈련이다. '왜 쳤나, 왜 놓쳤나'를 묻는
  복기가 뒤따라야 한다.

• 영상 분석·노트 정리·카운트별 사고 훈련을 습관화하라.

루틴과 복기

좋은 타자일수록 루틴이 철저하다.

경기 전엔 몸·눈·마음을 맞추고, 경기 후엔 영상과 노트로 자신을 되돌아본다.

매 타석은 실패가 아니라 다음 타석을 위한 준비다.

똑같이 1000번의 스윙을 해도, 생각한 사람은 다르게 성장한다.

타격은 본능이 아니라 가장 이성적인 움직임이다.

결과보다 루틴·타이밍 유지를 먼저 점검하라.

폼보다 자기 타이밍을 가진 선수가 진짜 강타자다. (타이밍을 맞추는 방식은 각자 다르다.)

사고 훈련 체크리스트

• 카운트 대응: 유리할 땐 노림수, 불리할 땐 생존 스윙.
• 구질·존 설정: 스트라이크/볼 식별, 나만의 존 감각.
• 상황 인식: 주자·점수·이닝에 따른 접근.
• 마인드: 실수 후 회복, 승부 근성, 냉철함.

이론과 개성의 조화

정석은 있다. 그러나 모든 스윙이 같을 수는 없다.
기본기를 바탕으로 자기 개성을 살리는 것이 곧 장타력이며
타자의 길이다.

- 히팅은 머리로 '생각하면서' 할 수 있는 일이 아니다.
- 배트 속도보다 스윙의 목적이 먼저다.
- '이 타석에서 내 역할은 무엇인지'에 대한 고민 없는 스윙은
  본능만 남는다.
- 실전 타격은 강한 스윙보다 정확한 판단이 우선이다.
- 같은 스윙이라도 카운트·주자·상대 투수에 따라 결과는
  달라진다.
- 이론은 참고 사항일 뿐, 선수 최적화 전략이 최우선이다.

──── 나의 코칭 노트 ────

고교 감독 시절, 나는 자주 말했다.
"타석은 너 혼자만의 것이 아니다."
팀 배팅의 의미, 번트, 희생 플라이의 가치를 반복해서 가르쳤다.
강하게 치는 것과 좋은 타격을 구분시킨 순간, 선수들의 사고가 바
뀌고 성적이 따라왔다.
본능은 훈련의 재료, 이성은 그것을 다듬는 칼이다.

교정의 원칙과 위험

정답은 없다. 다만 공통 원칙은 있다.
'균형·중심 이동·손과 눈의 일체감'.
하지만 선수마다 몸·시야·감각이 다른 만큼 개별 맞춤 조율이
필수다.
과한 교정이 노이로제를 부르고, 단점을 고치려다 장점까지
무너뜨리는 장면을 현장에서 숱하게 보았다.
자세 교정은 의학적 수술과 같다. 부주의한 개입은 선수 생명에
치명적이다. 특히 성장기엔 교정보다 관찰과 유도가 먼저다.

지도자는 자신의 이론을 강요하기보다 선수가 잘하는 것을
발견하고 키워야 한다.
모든 이론이 모두에게 맞을 수 없다. 도움 되는 부분만 취하고
나머지는 유연하게 넘겨라.

- 현장에선 자세보다 '결과'와 '반응'을 먼저 보라.
- 모든 타자가 같을 필요는 없다.
  다만 자신에게 맞는 최적의 이론을 가져야 한다.

타격 3대 거장의 관점

나는 선수들과 세 가지 미학을 자주 비교한다.
테드 윌리엄스의 '회전', 찰리 로우의 '선형', 루 피넬라의
'정밀함과 본능 사이'.
발레의 회전과 탭댄스의 리듬처럼 서로 다른 미학이지만,
결국 운동·균형·정신·기술의 협주라는 한 곳으로 모인다.

테드 윌리엄스: 회전의 예술
- Rotational Swing: 고정된 축(머리)을 중심으로 엉덩이·
  어깨의 폭발적 회전.
- Slight Upswing: 수평이 아닌 미세한 상승 궤적 ("Up, up
  is the way.")
- Ideal Impact: 배트와 공이 직각에 가깝게 만나는 순간,
  손목은 도끼처럼 단단히.
- Mental Approach: 마음의 준비와 집중 ("타격의 50%는
  목 위에서 나온다.")

찰리 로우: 선형의 안정
균형·리듬에서 출발한다. 노브(knob)를 공으로 이끌고 손은 납
작하게, 앞팔은 곧게, 마무리는 높게.

- Weight Shift: 뒤에서 앞으로 확실한 체중 이동.

- Hit to All Fields : 모든 방향으로 타격하라.
- Lau's Absolutes: 균형 자세·45° 배트 시작·리듬·약간
  닫힌 스트라이드.
- 노브를 공으로·단단한 체중 이동·고정된 머리·납작한 손·앞팔 펴
기·높은 피니시.

루 피넬라: 정밀과 본능의 선

- 거칠어 보이되 속은 맑은 정밀의 시인.
- 회전의 힘과 약간의 상승 궤적을 중시(윌리엄스와 상통).
- Ideal Impact와 Mental Approach를 강조("타격의 절반은 정
  신.")
- 이론의 절대성을 경계("레벨 스윙은 실전엔 존재하지 않는다.")

결론은 분명하다.

이론은 참고이고, 선수에게 맞춰 선별·조합하는 것이 본질이다.

이론에 선수를 맞추지 말고, 선수에게 이론을 맞춰라.

코칭의 언어와 질문

지도자의 역할은 해답을 주는 것이 아니라
길을 찾게 하는 것이다.
타격의 기술은 만들어주는 것이 아니라 찾아주는 것이다.

선수마다 리듬·시선 처리·손과 팔의 연결·하체 회전 감각이
다르다.
좋은 코치는 관찰하고, 질문하고, 기다린다.

관찰로 개성을 읽고,
질문으로 의식을 깨우며,
기다림으로 스스로 깨닫게 한다.

코칭 언어의 전환

"앞에서 잡아당겨!"　　　→
"공이 너보다 늦게 오도록 리듬을 늦춰보자."
"허리를 돌려서 쳐!"　　　→
"발에서 출발해 몸통이 자연히 따라오게 해봐."

선수는 스스로 이해한 기술만 오래 기억한다.
설명은 짧게, 이해는 깊게.
훈련에서 단순 반복을 피하고 매 순간 '왜'를 묻는다.

'왜 그 공에 배트를 냈는가? 왜 그 자세로 섰는가? 지금 어떤 공
을 기다리는가?'
질문이 쌓이면 타자의 철학이 생긴다.
철학이 있는 타자는 흔들리지 않는다.
슬럼프에도 자기 기준이 있어 빨리 회복한다.

선수 안의 해답을 발견하라

타격은 가장 감각적으로 보이지만, 사실 축적된 이성의 결과물이다.
'감(感)' 역시 반복과 분석으로 길러진다.
본능에만 의존하면 변화구 대처·카운트별 대응·패턴 분석이
무너진다.
생각하는 타자가 반드시 필요하다.
야구가 생각의 경기라면, 타격은 그 생각이 가장 날카롭게
드러나는 전장이다.

균형·시선·컨택 포인트는
모든 타자에게 공통적으로 요구된다.
그러나 길은 각자 다르다.
지도자는 유연한 타격관을 갖추고 선수의 개성과 상황에 맞는
답을 함께 찾아야 한다.

결국 답은 선수 안에 있다. 지도는 주입이 아니라 발견이다.
본능으로 시작해 이성으로 완성되는 타격.
그 길을 스스로 묻게 하라.

"이 타석에서 나는 무엇을 노리는가? 상대는 무엇으로
나를 속이려 하는가?"

그 질문을 품을 때, 타자는 흔들리지 않는다. 그리고 팀의
중심이 된다.

주루와 슬라이딩
90피트의 전술, 침묵 속의 공격

"야구에서 가장 빠른 건 발이 아니라 판단이다."

리드, 타트, 결단

주루는 베이스 위 리드에서 시작해, 스타트로 가속하고,
결단으로 완성된다.
한 발, 0.5초의 차이가 세이프와 아웃을 가른다.

- 리드: 거리는 용기가 아니라 정보가 만든다. 투수의
  루틴·시선·하체, 포수의 송구 성향, 타자의
  타구 방향까지 읽어 "언제 나갈 수 있는가"를
  준비한다. 리드는 간격이 아니라 타이밍 예고다.
- 스타트: 도루는 빠른 발이 아니라 빠른 출발이 좌우한다.
  균형 자세→ 무게중심 전진→첫 3보 가속.
  반응이 아닌 준비된 출발이 원칙이다.

- 결단: "지금 뛰어야 하나, 말아야 하나?" 실전은 항상
  모호하다. 주루는 판단력과 용기의 합작품이다.
  멈춤도 결단이다.

상황 판단과 공격적 주루

주루는 상황 인식의 총합이다.
점수 차, 이닝, 아웃카운트, 수비 위치, 타자의 타구 성향에 따라
같은 속도도 다른 결과를 만든다.

- 공격적 주루의 가치: 내야 땅볼에 2루→3루를 노리는 과감함,
  포수 블로킹 실수에 홈을 찌르는 결단,
  외야수 송구 준비 전에 2루를 선점하는
  선행 판단은 팀의 공기를 바꾼다. 좋은
  주루는 흐름을 흔드는 무기다.
- 무리와 과감의 경계: 가능성이 없는 시도는 소모다. "상대의
  실수를 유도하되, 불필요한 아웃은 만들
  지 않는다." 주루는 기회 창출이지 모험
  이 아니다.

1루·2루·3루별 원칙

- 홈→1루: 1루 뒤 5~6피트를 목표로 직선 전력 질주. 점프
  금지. 안타면 1루 턴 후 1/4~1/2 지점까지 전진.
- 1루 주자: H&R 상황 3번째 스텝에 타구 확인. 외야 플라이는
  정지-판단-귀루/전진. 픽오프는 두 발자국/한 번
  슬라이딩 안으로 복귀.
- 2루 주자: 3루 방향 타구는 안전 리드 후 1루 송구 순간 3루
  전진. 좌·우·낙구 각도에 따라 3루 도달 여부 결정.
- 3루 주자: 무사 땅볼은 확인 전 홈 금지. 1아웃이면 태그업·
  런다운 전술 활용 가능.

금기와 원칙

절대 금기
- 무사 혹은 2사에 3루·홈에서 아웃(3번째 아웃 포함).
- 라인드라이브 타구에서의 무의식적 전진→ 더블 플레이 유발.
- 의미 없는 런다운 유발.

기본 철학
- 침착하되 공격적으로.
- 두리번거리지 말고 끝까지 전력 질주.
- 모든 플레이는 실책 가능성을 내포한다.

슬라이딩: 생존과 득점 사이

슬라이딩은 미끄러짐이 아니라 선택의 기술이다.
각도·방향·타이밍·손발의 위치가 승부를 결정한다.
"도루보다 귀루 슬라이딩을 더 많이 연습하라"는 원칙을 권한다.

주요 형태와 용도
- Feet-first(정면): 기본형. 안전·부상 방지에 유리하나
  태그 노출이 크다.
- Head-first(헤드 퍼스트): 반응·잔류 유리. 손가락·어깨 부상
  위험 높음.
- Hook(훅): 베이스 측면 진입+한 손 터치로 태그 회피.
- Pop-up(팝업): 닿는 순간 반동으로 즉시 기립—실책
  틈타 추가 진루.
- Slip/Rollover/Fake: 그라운드·상황 특화. 판정 논란 가능.

선택 기준
직선형은 속도, 사이드는 회피, 헤드 퍼스트는 잔류에 강점.
빠름보다 안전·상황 적합성을 우선한다.

헤드 퍼스트 슬라이딩

주자가 상체를 낮추고 팔을 뻗어 베이스에 먼저 도달함으로써, 도달 거리를 줄이고 태그를 피할 가능성을 높이기 위한 주루 기술이다. 상체 중심 이동이 빠르다는 장점이 있으나, 포구 안정성과 부상 위험을 고려해 상황 선택이 중요하다는 점이 이론적으로 명확히 구분된다.

팀 전술과의 연결

주루는 개인 능력이지만 작전과 합을 이룰 때 빛난다.

- 작전 연동: 히트 앤 런/ 런 앤 히트/ 딜레이 스틸/ 세이프티 스퀴즈/ 더블 스틸/ 디코이 러닝 등은 사인 이해·타자 컨택·주자의 스타트가 동시 충족될 때 성공한다.
- 디코이 러닝: 런다운 유도, 홈 송구 유도 등 시선 분산으로 본질적 목표(선행 주자 진루)를 연다.
- 신뢰와 타이밍: 즉흥이 아닌 예정된 리스크. 선수 간 신뢰와 벤치의 맥락적 사인이 핵심이다.

판단하게 만드는 지도

주루는 코치가 지시하는 영역이 아니라, 선수가 판단하도록
길러야 하는 영역이다.

- 데이터 코칭: 투수 견제 빈도·발 모양·루틴, 포수 팝타임·송구
  정확성, 야수 송구 습관·중계 라인 등 사전
  리포트를 일상화한다.
- 현장 코칭: 3루 코치는 "욕먹지 않기"가 아니라 한 점의 무게를
  책임지는 결단자여야 한다.
- 철학적 코칭: "왜 뛰었니, 왜 멈췄니?"를 묻는 사유 훈련으로
  판단을 내재화한다. 주루는 가르치는 게 아니라
  익히게 하는 것이다.

실전 프로토콜

- 스타트 드릴: 균형 자세→ 무게중심 전진→ 첫 3보 가속.
  투수 모션 다양화(정·부 규칙, 퀵 피치 가정)로
  반응 과적응 방지.
- 타구 방향별 출발: 홈플레이트에서 1루까지 각 코스(내·외야,
  좌·중·우) 상상 출발 반복.
- 2·3루 주자 시뮬레이션: 포수 블로킹→ 홈 슬라이딩, 외야
  플라이의 하프웨이·태그업 타이밍 반복.

- 콜 앤 커버 연계: 외야 송구 라인, 중계·백업 위치를 포함한
  팀 디펜스 속 주루 결정 훈련.
- 역할 교대 훈련: 야수·주자 시점 교체로 상대의 속도감·
  시야를 체득. 판단이 빨라진다.
- 슬라이딩 루틴: 헤드/풋/훅/팝업을 상황별 선택→ 연결
  동작까지 세트로. 특히 귀루 슬라이딩은 매일.

체크포인트: 주루 판단 5요소
- 타구 판단력
- 수비 위치 확인
- 투수 동작 간 파악(견제 패턴 포함)
- 사인 이해도
- 위험 감수와 결단력

한두 가지만 갖춰도 위협적이다. 다섯 가지가 갖춰지면 '게임 체인저'다.

포지션별 감각

- 3루 주자: 외야 플라이의 깊이·송구 방향을 즉시 판독. 코치의
  사인에 의존하되, 스스로의 눈으로 최종 결정을
  내릴 수 있어야 한다.
- 1루 주자: 픽오프 복귀는 두 발자국/한 번 슬라이딩 원칙.

H&R은 3스텝 시점 판단이 생명.

- 2루 주자: 3·유간 타구의 낙구 확인 후 전진. 중계 라인 형성 전 선행 가속.

90피트의 철학

주루와 슬라이딩은 한 몸이다. 하나라도 어긋나면 성공률은 급락한다.
발이 빠르면 이점이 있지만, 판단이 빠르면 경기가 바뀐다.
리드는 심리의 전쟁, 스타트는 준비된 출발,
슬라이딩은 선택의 기술이다.

주루는 보이지 않는 공격이며, 흐름을 바꾸는 예술이다.
하루의 승부는 종종 한 발, 한 몸짓이 결정한다.
지도자는 결정을 대신하지 말고 결정을 가능하게 하라.
그때, 주자는 침묵 속에서 경기를 움직이는 사람이 된다.
작전은 감이 아니라 확률이다.

나의 코칭 노트_자기 발견형 교정

2군 외야수의 악송구를 자세 교정 대신 사유 유도(구장 한 바퀴 워크→ 과녁 송구)로 전환하자, 본인이 해법을 찾아 자발적 자세 수정이 이루어졌다. 주루·송구 모두 '스스로 깨닫게 하는 코칭'이 효과적이다.

포심 그립의 상식화

1967년 실업팀 3루수의 악송구("아야야" 사건)는 포심 인식 부재와 연결. 모든 야수는 글러브 안에서 포심 전환 루틴을 자동화해야 한다 (주루—슬라이딩도 같은 원리다. 루틴을 자동화해야 한다).

슬라이딩

야구에서 슬라이딩은 단순히 멈추는 동작이 아니라, 베이스 도달 속도 극대화, 태그 회피, 충돌 예방, 다음 플레이 연결 등 다양한 목적을 가진 기술이다. 슬라이딩은 운동력과 마찰력의 문제로, 빠르게 달릴수록 운동량이 커지고 이를 슬라이딩으로 지면 마찰을 이용해 감속시키며 베이스에 닿도록 설계한다. 또한 몸이 지면과 접촉하는 면적이 클수록 마찰력이 증가해 속도가 빠르게 줄어든다(엉덩이·허벅지 슬라이딩).

슬라이딩의 종류는 다음 4가지이다.

① **피트 퍼스트 슬라이딩:** 엉덩이에서 허벅지, 종아리 순으로 지면에 닿으며 속도를 줄이는, 가장 전통적이고 안정적인 슬라이딩이다. 체중이 뒤로 이동하면서 다리가 앞을 보호막처럼 받쳐주기 때문에 충돌 위험이 적고, 마찰을 안정적으로 만들어 감속 조절이 쉽다.

② **팝업 슬라이딩:** 베이스에 닿는 순간 무릎을 세워 즉시 일어나는 형태이다. 더블 플레이 회피나 3루, 홈에서 다음 동작으로 빠르게 전환할 때 사용한다. 운동량을 다리 각도 변화로 변환하여, 베이스에 닿는 순간 반발력을 이용해 일어날 수 있도록 설계돼 있다.

③ **헤드 퍼스트 슬라이딩:** 접촉 면적이 적어 속도 손실이 적다. 가장 빠른 슬라이딩 방법으로, 태그 회피에 유리하다. 상체를 지면과 최대한 가까이 두어 공기 저항을 줄이고, 팔을 창처럼 뻗어 도달점을 최소화한다. 단, 손가락이나 손목 부상 위험이 있으므로 관리가 필요하다.

④ **후퇴 슬라이딩:** 헤드 퍼스트 중 팔을 교차하거나 수영 동작처럼 빼는 형태로, 태그 라인을 벗어난 곡선 진입과 팔 동작을 통해 순간적으로 태그를 회피할 수 있어 MLB에서 많이 사용하는 슬라이딩이다.

슬라이딩 성공은 무게 중심, 힘의 방향, 태그 회피각, 접촉점에 달려 있다.

① **무게 중심:** 베이스 약 2.5~3m 전부터 중심을 낮춰야 안정적인 진입이 가능하다.

② **힘의 방향:** 몸을 너무 일찍 던지면 힘이 아래로 향해 멈춤이 빠르고, 늦으면 베이스를 넘어갈 수 있다. 45° 각도로 지면과 평행하게 미끄러지는 것이 이상적이다.

③ **태그 회피각:** 슬라이딩하면서 베이스 옆을 지나 마지막 순간 손발만 베이스에 닿도록 설계하면, 수비수가 태그를 위해 각도를 바꿔야 하는 시간을 확보할 수 있다.

④ **베이스 접촉점:** 발끝이 먼저 닿으면 충돌 위험이 적고 안정적이며, 발이 먼저 닿으면 다음 플레이 연결이 용이하다. 손과 팔이 먼저 접촉하면 도달이 가장 빠르고 태그 회피에 유리하다.

작전과 사인

작전은 경기의 흐름을 움직이는 도구다.
번트 하나, 히트 앤 런 하나가 상대의 리듬을 깨고
수비 위치를 흔들며 팀 에너지를 바꾼다.
그러나 선택의 기준은 늘 확률·상황·선수 특성이다.
"왜 지금 이 작전인가?"에 답하지 못하면 그 작전은
우연에 가깝다.

사인은 전술의 언어다

사인은 손짓이 아니라 전술의 약속이다.
키 사인·리드 사인·혼선 유도용 가짜 사인까지 체계가 명확히
합의되어야 하며,
"왜 이 사인인지"에 대한 이해와 공감이 선행되어야 한다.
사인은 외우는 것이 아니라 읽는 능력이 핵심이다.

상황·타순·주자 조합에 따라 같은 사인도 의미가 달라진다.

주요 작전의 원리와 기준

- 희생번트: 진루를 위한 '정확한 상황 선택'이 전부다.
  정교하면 무기, 어설프면 공격 종료.
- 히트 앤 런/ 런 앤 히트: 타자의 컨택 확률과 주자의 스타트
  감각이 동시에 성립할 때만.
  실패 리스크를 사전에 설계한다.
- 페이크 번트 & 슬래시: 시선 분산으로 수비 포지션을
  무너뜨리는 심리전. 완성도보다
  사전 이미지 트레이닝이 관건.
- 스퀴즈 번트: 리스크는 크되 성공 시 기대효과 극대화.
  실패 시 즉시 전환 시나리오가 준비돼 있어야 한다.
- 더블 스틸: 두 주자의 동시 작전. 상대의 선택을 홈/2루로
  분할시키는 계산이 필요하다.

실행 규칙
작전은 언제나 조건이 충족될 때만 실행한다.
선수의 기술 수준, 상황 인식 능력, 상대 수비의 대응 패턴을
고려하지 않은 작전 지시는
전술이 아니라 확률이 낮은 도박에 가깝다.

타자의 컨택 안정성이 확보되지 않은 상태에서의 스퀴즈,
주루 판단과 스타트 감각이 부족한 선수에게 요구되는
더블 스틸은 성공 가능성보다 실패 리스크가 먼저 계산돼야 한다.

모든 작전은 실패 이후의 전환 플랜까지 포함해 설계되어야 하며,
그 준비 여부가 작전의 실행 가능성을 결정한다.

보이지 않는 심리전, 디코이 러닝

디코이 러닝이란 실제 득점 의도가 약한 주자가
과감한 제스처로, 수비의 송구 방향과 중계 라인을 오도해
더 중요한 주자의 진루를 돕는 전술이다.
주자의 '연기력'과 판단, 코치의 정밀 사인, 상대 분석,
타이밍, 타자-주자의 유기성이 관건이다.

디코이 러닝의 대표적 시나리오
- 1·2루에서 외야 플라이 시 2루 주자의 과장된 홈 쇄도 제스처→ 송구를 홈으로 유도, 1루 주자 2루 안착.
- 2·3루에서 3루 주자의 큰 스타트→ 중계가 홈에 몰리는 사이 2루 주자 3루 진루.
- 1·3루 런다운 유도→ 1루 주자 일부러 걸려들어 3루 주자의 홈 쇄도 창출.

흐름을 통제하는 3대 원칙

- 상황 이해: 이닝·점수·아웃·주자·다음 타순·투수 구종·수비 위치
  를 한 화면으로 본다.
- 템포 조절: 공격의 리듬을 잇고, 수비의 박자를 흔들어 흐름을
  바꾼다(히트 앤 런으로 병살 흐름 차단, 투수 교체로
  이닝 리셋 등).
- 실패 대비: 스퀴즈 실패 시 즉시 도루 방지·사인 변경·수비 교대
  등 복구 루트를 사전에 설계한다.

MLB와 KBO의 운용 차

- MLB: 확률·데이터 중심, 작전 최소화 경향. '준비되지 않은
  작전은 하지 않는다.'
- KBO: 상대적으로 작전 빈도 높음. 최근 데이터 기반으로
  전환 중. '감'이 아닌 코칭스태프의 브레인 회의가
  중심이 되어야 한다.

훈련, 상황 시뮬레이션

사인 플레이 훈련은 상황판을 재현하는 시뮬레이션이
핵심이다.

아웃카운트·주자·좌우 투수·수비 시프트를 바꾸며
수십 가지로 돌린다.
선수는 사인을 읽고 스스로 판단해 즉각 반응해야 한다.
실전에서는 훈련된 동작이 반사적으로 나와야 한다.

체크리스트

- 타이밍: 왜 지금인가?
- 선수 기능·멘탈: 누구에게인가?
- 복구 루트: 실패하면?
- 후속 시나리오: 다음 한 수는?

작전은 점수만을 노리는 기술이 아니라
흐름을 전환하는 예술이다.
사인은 손끝에서 시작되지만,
그 의미는 선수의 이해와 책임에서 완성된다.
준비된 팀만이 작전을 무기로 쓴다.

지도자의 눈

철학자이자 동행자인 코치

코치는 동작을 교정하고 훈련의 방향을 제시하는 기술자이면서,
경기의 흐름을 읽고 길을 선택하는 전략가,
흔들리는 선수를 붙잡는 멘탈의 지킴이다.
빛을 직접 받지 않지만, 그 빛이 더 선명해지도록
그림자를 만드는 사람이다.
사랑이 깃든 코칭만이 오래 간다.

코칭의 언어: 지시가 아니라 질문

좋은 코칭은 가르침보다 '깨달음'을 유도하는 질문에서 시작한다.
"지금 네 선택의 근거는 무엇인가?"
"다음에는 무엇을 바꾸겠는가?"
질문은 선수에게 사고의 책임을 돌려주고, 훈련을
자기 주도로 전환한다.

피드백은 기술이자 관계다

피드백은 타이밍·언어·감정이 조화될 때 힘이 생긴다.
결과보다 과정을, 꾸짖음보다 제안을, 즉각적 해답보다
스스로 찾게 하는 안내를 택한다.
선수는 코치의 말보다 표정과 일관성을 기억한다.

일관성과 기다림

오늘은 웃고 내일은 소리치는 코칭은 혼란을 남긴다.
평정한 태도·명확한 기준·예측 가능한 반응이 신뢰를 만든다.
기다림은 방임이 아니라 속도의 존중이다.
코치는 때로 말보다 눈빛과 침묵으로 말한다.

코치를 위한 코치

공부하지 않는 지도자는 무기 없는 장수다.
독서·영상 분석·사례 연구로 자신을 업데이트할 때
선수도 함께 자란다.
코치는 가르치는 사람이자 함께 배우는 사람이다.

나의 코칭 노트_ 지도자 점검 사항

✔ 사전 회의 체크: 오늘의 작전 후보(상대 투수 견제 습관·수비 시프트·포수 송구), 실패 시 복구 루트.

✔ 사인 점검: 키 사인·가짜 사인·상황별 변형 사인 리마인드(선수별 해석 일치 여부 확인).

✔ 훈련 루틴: 매일 10분 상황 시뮬레이션(히트 앤 런/스퀴즈/더블 스틸 방어 포함).

✔ 멘탈 합의: 실수 후 팀의 공식 리액션 문장 정하기("괜찮다. 다음 준비").

✔ 2군 관리: 주간 1회 '신뢰 피드백' 면담. 지표보다 기회에 대한 약속을 기록으로 남긴다.

코칭은 선수를 바꾸는 일이 아니라,
선수가 스스로 변하도록 곁에 서 있는 일이다.
신뢰는 하루아침에 만들어지지 않는다.
작은 순간들의 합이 한 시즌의 관계를 만든다.

그라운드가 가르쳐 준 교훈

땀과 흙, 더그아웃의 침묵, 벤치에 흐르는 긴장….

그라운드는 나의 학교였고 인생의 교실이었다.

단순한 동작 속에 실패·책임·인내·협력·겸손이 들어 있었다.

승리보다 패배가, 성공보다 실수가 나를 더 많이 키웠다.

경험은 흘러가지만 정리된 철학과 기술은

다음 세대의 자산이 된다.

기록보다 사람

지도자는 성적보다 사람을 남긴다.

어떤 자세로 훈련했고, 동료를 어떻게 대했으며,

실패 앞에서 어떤 표정을 지었는가가 남는 것이다.

태도는 기록보다 오래 남는다.

팀은 '혼자 잘함'이 아니라 '함께 잘함'으로 이긴다.

실수에서 배우는 시스템

야구는 실패가 전제된 스포츠다.

중요한 것은 실수 자체가 아니라 실수 이후다.

지도자는 실수를 회복 루틴으로 연결해야 한다(리커버리 드릴, 에러 후 다음 동작 시뮬레이션, 멘탈 복구 루틴).

"왜 그랬는가"를 묻되, 생각 없는 플레이를 경계하게 하라.

팀의 반응이 철학을 드러낸다.

"다음에 잡자"라고 말하는 팀은 회복한다.

2군의 의미

2군은 기다림의 방이 아니라 자기를 알아가는 훈련장이다.

플래시가 없는 자리에서 뿌리가 내린다.

기회는 기술에서만 오지 않는다. 신뢰가 기회를 부른다.

1군의 스포트라이트만 보는 팀은 미래가 자라지 않는다.

조용히 움트던 한 송이의 가능성은

어느 날 "갑자기 좋아진 선수"로 보일 뿐,

사실은 오래 준비되어 있었던 것이다.

기억에 남는 선수들

가장 잘한 선수보다 끝까지 포기하지 않은 선수가 남는다.
벤치·대수비·작은 역할 하나에도 진심을 다하던 태도,
사인을 주기 전에 이미 흐름을 읽고 움직이던 눈빛,
그 장면들이 내 기억을 만든다.
지도자는 기록이 아니라 태도를 기억하는 사람이어야 한다.

"오늘 나는 좋은 코치였는가?"
야구는 기록으로 남지만, 코칭은 기억으로 남는다.

"승리하면 작은 것을 배울 수 있다.
그러나 패하면 모든 것을 배울 수 있다."

_ 크리스티 매튜슨(뉴욕 자이언츠 소속 전설의 투수)

2장

그라운드에서 무릎 꿇은 인생

여기에 소개할 이야기는 1958년 야구를 처음 시작해 지금까지 쉼 없이 달려온 발자국에 대한 고백이다. 눈부시지도, 화려하지도 않았지만, 그라운드 곳곳에 남겨진 흙먼지 같은 이야기들. 그 이야기들이 누군가의 인생에 작은 이정표가 되기를 바라는 마음으로 이 기록들을 펼친다.

기도의 자리, 그라운드에서

언제부터였을까. 나는 야구장을 '운동장'이 아니라 기도의 자리로 여기기 시작했다. 먼지를 뒤집어쓴 채, 패배의 무게를 등에 지고 더그아웃에 앉아 있던 어느 날, 나는 문득 기도하고 있었다. "주님, 이 아이들이 무너지지 않게 해주십시오."

그 순간 깨달았다. 나는 코치이기 이전에 이 땅 위에서 무릎 꿇는 기도자였다는 사실을. 야구는 단순한 경기 그 이상이었다. 누군가의 꿈이 자라는 밭이었고, 때로는 삶의 절벽 끝에서 다시 일어서는 고백이었다. 방망이 하나 쥐여 주는 손끝에 희망을 담아야 했고, 실패한 아이의 눈빛에 용서를 심어야 했다. 나는 선수였고, 지도자였으며, 멘토였고, 그저 아이들의 고민을 듣는 친구였다. 그리고 무엇보다 그라운드의 기도자이고 싶었다.

어린 시절, 대구의 골목과 운동장에서 흘린 땀과 눈물 속에서 나는 처음으로 야구라는 세상을 만났다. 공 하나, 배트 하나, 흙먼지 속에서 친구들과 부딪치며 승리와 패배, 기쁨과 아쉬움의 의미를 배우기 시작했다. 선린상고에 입학하면서부터 점점 야구

70년 외길 야구 인생을 걸어온 박용진 감독. 지도자의 길은 사람을 키우는 것이라는 철학을 품고 살아왔다.

의 체계와 철학을 배우는 과정으로 바뀌었고, 감독님과 선배들의 엄격한 훈련 속에서 인내와 책임, 팀워크의 중요성을 깨달았다.

1966년 황금사자기 전국대회에서 맞이한 절망과 희망의 경계에서 그 대회의 승리와 패배는 내 안에 지도자로서의 불꽃을 피워냈고, 그 불꽃은 내가 길을 잃지 않고 나아갈 수 있게 한 등불이 되었다. 신일고에서 마지막 고교 지도자의 불꽃을 태우며, 나는 기다림과 인내 없이는 어떤 일도 이룰 수 없음을 뼈저리게 느꼈고, 그 깨달음은 프로야구 청룡으로의 새로운 시작에서 또다시 나를 단단하게 만들었다. 유니폼은 삼성, LG로 바뀌었지만 야구에 대한 철학과 인간을 바라보는 시선은 한결같았으며, 각 구단에서 경험한 승리와 패배, 지도자와 선수, 동료와 경쟁 속에서 나는 더욱 깊은 성찰을 얻었다.

다시 그라운드로 돌아와 KBO, 한화 이글스, 우리 히어로즈, 리틀야구까지 이어지는 길에서 나는 매 순간을 소중히 여기며, 그 속에서 만난 사람들과 함께한 시간에 감사했고, 그들의 지혜와 격려, 때로는 엄격함과 질책 속에서 지금의 나를 빚어낼 수 있었으며, 모든 순간이 한 편의 긴 이야기처럼 내 인생을 완성해 주었다. 삶과 야구, 기다림과 도전 속에서 나는 언제나 그라운드 위의 기도자였고, 고백하는 선수로 살아왔다.

뒤에서 소개할 이야기는 1958년 대구 옥산초등학교에서 야구를 시작한 한 소년이 2025년 지금까지 쉼 없이 달려온 발자국에 대한 고백이다. 눈부시지도, 화려하지도 않았지만, 그라운드 곳곳에 남겨진 흙먼지 같은 이야기들. 그 이야기들이 누군가의 인생에 작은 이정표가 되기를 바라는 마음으로 이 기록들을 펼친다. 이 글을 읽는 당신도 자신만의 그라운드 위에서 기도하는 사람으로 살아가길 바라며.

실컷 뛰놀며 야구의 감각을 익히다

나는 초등학교 3학년 때 늑막염으로 1년을 휴학했다. 아버지가 병약한 내게 야구공과 글러브, 배트를 사 주셨는데 그것이 내가 야구를 시작하게 된 계기였다. 4학년 첫 출전에서 대구초등학교에 0:25로 패배한 기억이 생생하게 남아 있다. 그러나 6학년 때 우리 팀은 창단 3년 만에 전국대회 석권이라는 위업을 이뤘다. 내가 속한 옥산초등학교는 문교부장관기 전국초등학교 대회 결승전에서 수원 소화초학교를 5:2로 꺾고 우승했다. 그 기쁨은 평생의 자부심이 되었다.

그리고 뒤이어 경주 계림초등학교에서 열린 대구 초등학교 초청대회 결승전에서는 칠성초등학교를 꺾고 우승했다. 당시 경주 계림장 여관으로 여중생들이 찾아와 쑥스러워했던 기억이 지금도 생생하다.

초등학교 시절을 떠올리니, 경주의 야구가 생각난다. 나는 1959년부터 초등학교 야구를 보기 시작했는데, 당시 경주의 초등학교 야구는 대구를 능가했다. 경주 계림, 월성, 황남초가 대구

옥산초등학교 야구부 선수 시절. 이때의 성장 경험이 평생 자부심의 원천이 됐다.

에 원정 와서 주로 결승전을 치렀다. 나는 지금도 그들의 플레이가 눈에 선할 정도로 이들의 야구에 매료됐었다. 9회까지 했지만 꼭 1:0으로 승부가 갈려 준우승한 아이들이 눈물을 흘리는 모습이 아직도 생생하다. 김충, 하일, 김계일, 장석준(장정부), 김설권, 김태호 등 이들의 플레이를 보면서 나는 야구에 눈을 뜨기 시작했다.

중학 야구로 일본 원정길에 오르다

1963년 늦가을 대구중학교 3학년이던 나는 중학 야구 선발팀의 일원으로 일본 원정길에 올랐다. 그해 6월, 문교부장관기 대회에서 준결승에 진출하며 눈에 띄었고, 배문중, 인천남중, 대구중, 대구경상중, 대동중, 동대문중, 선린중 등 전국의 강팀 선수들이 합류한 선발팀은 조용히 하나의 꿈을 품고 바다를 건넜다. 부산항에서 배를 타고, 긴 밤을 새워 도착한 곳은 시모노세키. 새벽 어스름 속, 항구의 싸늘한 공기와 불 꺼진 세관 앞에 도열해 기다리던 우리의 모습은 소년이기보단 작은 전사들 같았다. 짐속엔 김치, 김, 소고기 고추장볶음이 가득했다. 익숙한 냄새로 고향을 잊지 않으려 했지만 일본의 거리와 사람들, 언어와 운동장은 우리에게 완전히 낯선 세계였다.

우리는 나고야, 오사카, 히로시마, 교토, 도쿄, 후쿠오카를 돌았다. 도시마다 시민구장과 학교 운동장에서 경기를 치렀다. 창밖에서 손을 흔드는 여학생들과 창문 너머로 신기한 듯 바라보는 학생들. 야구는 국경을 넘었고, 우리는 공 하나에 마음을 던졌다. 그리고 마지막 경기는 후쿠오카 사론파스 공장에서의 대결이었다. 상대는 여자 야구단이었다. 나는 선발 투수로 나섰고, 그날 경기에서 9이닝 완투를 했다. 스코어는 0:0이었다.

일본 팀은 우리 못지않게 날카로운 스윙과 민첩한 수비를 자랑했다. 상대 투수는 곤도 마사오—당시 28세의 노련한 투수—였고, 양 팀 모두 아무 실책 없이 경기를 마쳤다. 나는 안타 하나를 쳤고, 그들은 3루수의 1루 악송구로 2루까지만 진루했다. 단 한 점도 허락하지 않은 정적의 승부가 그렇게 끝났다. 9전 7승 1무 1패. 야구보다 더 크게 배운 건 서로를 존중하며 공을 던지고 받는 자세였다.

굴을 처음 보고 놀라워하던 친구들, 볼펜을 기념품처럼 가슴에 꽂았던 날들, 밤마다 기차처럼 울리던 여관의 진동. 그 모든 추억이 지금도 내 마음 한구석을 차지하는 박물관에 놓여 있다.

그해 나는 비로소 서울이라는 도시와 조우했다. 서울에 첫 발을 내디딘 때는 1963년 10월 새벽. 서울역의 네온사인, 말죽거리(지금의 양재동) 초가집에 합숙하며 밑반찬을 사러 다니던 일, 흑석동 시장의 풍경, 그리고 한강 백사장의 나룻배가 기억에 선하다.

1963년 대구중학교 야구부 시절. 김천중학교를 6:0으로 이기고.

국립현충원 옆 말죽거리의 농가 합숙소(현 서문여고 자리)의 전깃불도 없는 곳에서 나는 야구와 삶을 함께 익혔다.

1963년~1965년, 처음 '청소년'이라는 이름으로 불리던 시기, 나는 대구중학교에서 훌륭하신 선생님들을 통해 '질문하는 법'을 배웠다. 공부보다 삶을, 암기보다 사람됨을 먼저 일러주시던 은사님들이 새벽의 별처럼 길을 밝혀주신 것이다. 당시 체육을 담당하신 김선단 선생님은 학문에 엄격하시면서도, 무너진 학생의 마음을 먼저 헤아릴 줄 아셨다. 내 노트를 뒤적이며 "이 손으로 무엇을 남길 거냐"고 물으시던 날을 잊을 수 없다.

장태주 선생님(생물)은 운동장에서 나를 유심히 지켜보시며 내

1963년 김천중학교 야구장에서 서울 경서중학교를 4:0으로 물리치고.

안의 에너지를 눈빛으로 격려해주신 분으로, 강단에선 차분했지만 늘 열정적으로 응원을 해주셨다. 이재우 선생님(수학)은 교단에서의 언행이 한 편의 산문시 같았다. 대수 시간은 나에게 언어의 온기를 심어준 시간이었다. 남규복 야구부장 선생님(물상)은 삶의 자세를 일깨워주신 스승이다. '기다림'과 '근성'이라는 두 단어를 몸으로 보여셨다. 어머니의 눈빛과 교사의 품격이 공존했던 김명자 선생님(영어)은 부드러움 속에 강인함으로 가르침을 주셨다. 이분들 덕분에 나는 무사히 성장통을 지날 수 있었고, 어떤 어려움에도 '내 편이 되어줄 사람들'이 있다는 믿음을 가질 수 있었다.

야구의 기초를 닦은 유년의 놀이

사람 됨의 연습장, 여름방학은 매년 7월 21일 즈음 시작됐다. 장마와 함께 한 긴 듯 짧았던 40여 일의 시간이었다. 방학 숙제는 어김없이 개학 하루 전날 밤, 형님의 도움을 받아 간신히 마무리했다. 그러나 아이들의 진짜 숙제는 자연 속에 있었다. 그 시절 여름 방학은 곤충 채집, 식물 채집, 시냇가에서 미꾸라지 잡기, 논에서 메뚜기 잡기 등 자연과 어우러진 놀이로 가득했다. 논두렁을 뛰놀며 메뚜기를 잡아 벼 가지에 끼워 병에 담고, 손으로 논바닥을 헤집어 미꾸라지를 잡고, 산길을 돌며 돌을 들추고 가재를 찾고, 산딸기를 따다 입가에 붉은 물을 들였다.

밤이 되면 컴컴한 골목에서 숨바꼭질이 시작됐다. 깡통 차기, 찜뽕 놀이, 지붕 위로 공을 던지고 손바닥으로 받아내기 등 밤늦도록 놀이가 계속됐다. 양철지붕 위로 공 튀어 오르는 소리가 요란했다. 어쩌면 이것이 야구의 기초 훈련이었을까. 단련되지 않은 몸이었지만, 매일 같이 뛰놀던 그 시간들이 건강한 정신과 튼튼한 육체의 뿌리를 마련해준 것인지도 모른다.

대구는 분지여서 최고기온이 30도를 넘어가는 것이 예사였으며 아스팔트가 녹아서 신발에 쩍쩍 붙었다. 리어카의 빙수는 얼음을 기계에 찍어 빙빙 돌리면 얼음이 갈아서 나오며 여기에 빨강, 노랑 색소 물감을 뿌려 먹는다. 지금 생각하니 유해 색소가 아닌가 싶다. 내 또래 아이들이 아이스케키(아이스크림의 사투리) 통을 어깨에 메고 "아이스케키!" 하며 팔러 다녔다. 수류탄 모양의 큰 통에 물을 넣고 빙빙 돌려서 얼린 수류탄 모양의 아이스케키도 있었다. 아이스케키를 만드는 고전적인 방법이었다. 전쟁이 끝난 지 얼마 안 된 시절이라 이런 모양의 아이스케기가 나온 거 같다. 야구 연습을 하다가 목이 타면 뜨뜻한 수돗물을 한없이 들이켰는데, 우리에게는 최고의 '스포츠 드링크'였다. 그렇게 방학이 흘러갔다.

내 야구 인생의 요람, 선린상고

선린에서 받은 가르침

1966년 삶의 진로가 뚜렷해지던 시기, 나는 선린상고에서 '스승'이라는 말의 깊이를 배웠다. 야구에 몰두하던 내게 때로는 따끔한 채찍으로, 때로는 따뜻한 어깨로 다가와 주셨던 스승님들. 그들의 이름은 지금도 내 지도자 인생의 발자취에 선명하게 새겨져 있다.

박종해 이명배 김남식 박학래 함우영 오인수 양재열 표재석 등 많은 이름들이 단순한 목록이 아니다. 각각의 이름은 각각의 인품이고 추억이며, 내가 길을 잃었을 때 나침반이 되어준 얼굴이다.

내가 첫 스케이트 탄 것은 1963년 12월 선린상고에 입학하기 전이었다. 미리 동계훈련으로 오전에는 원효로 길부터 마포 전차 종점까지 로드워크(장거리 달리기)로 갔다 온 뒤 체육관에서 체조와 역기, 농구로 체력을 다졌다. 그리고 점심 먹고 스케이트 타러 선린상고 뒤편에 있는 효창운동장으로 갔다.

제일 싫어했던 훈련은 로드워크였다. 단거리는 늘 1등을 했지만, 어릴 적 늑막염을 앓은 탓에 오래 달리는 것은 힘들었기 때문이었다. 스케이트는 당시 최고 브랜드인 '전승현 스케이트'였다. 이것을 동대문야구장 아래에 있

야구뿐 아니라 인성에 대해서도 훌륭한 가르침을 받은 선린상고 재학 시절.

는 운동구점에서 형님과 같이 가 샀다. 서울 애들은 어릴 적부터 스케이트를 타서 그런지 400m 트랙을 마치 선수처럼 타던데, 나는 선배를 붙잡고 배우기 시작했다. 그렇게 스케이트를 타면서 겨울을 보냈다. 겨울방학 내내 그 넓은 효창운동장이 신나게 스케이트를 타는 아이들로 붐볐다. 스케이트를 타고 빙빙 도는 동안 앤 마거릿의 〈슬로리〉라는 노래가 흘러나왔다. '슬로리, 슬로리'. 우리 인생도 이 노래처럼 슬로리 슬로리 흘러가리.

선린상고에서는 3년간 여름방학마다 화랑대기에 참가했다. 이 대회는 구덕야구장에서 펼쳐지는데 첫날부터 야구팬들이 엄청나게 몰려온다. 보수동 보수장여관에 투숙하여 경기가 끝나는 날까지 묵었다. 경기가 끝난 날이면 외출을 허락받아 광복동으로 남포동으로 삼삼오오 짝지어 다니며 즐겼다. 다음 날은 해운대에서 해수욕을 하고 밤 기차로 귀경하곤 했다. 경기도 경기지만 이런

지도자의 길을 걷기 전 실업야구 선수(기업은행)로 뛰었다. 1974년 대통령배쟁탈 전국 실업연맹전 하계리그 우승 당시.

문화를 즐기는 것이 더 재미있었다. 이때 부산여고 여학생과 연애하여 결혼까지 한 선배도 몇 있었다. 얼음물이 없던 시절에 더그아웃 옆에서 구덕산에서 흘러 내려온 약숫물을 마시며 타들어가는 목을 식히던 기억이 생생하다. 모두 부산의 아름다운 추억이다.

1966년 황금사자기 전국대회도 잊을 수 없다. 우리는 9월 24일 승자 결승에서 부산고에 1:3으로 패했다. 3루수였던 나는 준비를 제대로 하지 않아 3루 땅볼을 펌블하여 2실점 하고 패했다. 경기 후 울면서 나와 남영동 식당에서 주문을 받던 일이 주마등처럼 지나간다. 하지만 패자 부활전에서 중앙고를 연장 12회 끝에 2:1로 이기고 다시 결승전에 올랐다. 패자전을 거쳐 올라간

1977년 선린상고 감독 당시 광주 전국체전에서 우승하고.

팀은 결승에서 두 번 연속으로 이겨야 우승하는 방식이었다. 부산고 에이스 김철오는 초고교급 좌완 기교파 투수였기 때문에 전문가들은 열이면 열 부산고의 우승을 점쳤다.

27일 부산고와의 최종 결승 1차전에서는 4번 김태석이 10회 말 부산고 좌완 김철오 볼을 좌중간 담장을 넘어가는 결승 홈런으로 이겼다. 그래서 다시 벌어진 28일 마지막 결승전. 선린이 4:0으로 승리하여 극적으로 우승했다.

이 경기에서 나는 4타수 3안타 2타점의 활약을 펼쳤고, 30타수 12안타 0.400로 타격상까지 받는 영광을 차지했다. 타격상으로 옥양목과 설탕 한 포를 받아 흑석동 집까지 낑낑거리며 메고 간 일이 기억 난다. 그 누구도 예상하지 못한 우승이었다. 전교생이 동대문야구장에서 청파동까지 달려와 교가와 응원가를 부르며 밤늦도록 환호했던 그날의 감격은 평생의 기억으로 남았다.

선린에서 시작한 지도자의 길

선린상고를 졸업하고 다시 모교로 돌아오기까지는 오랜 시간이 걸렸다.

1977년 3월 기업은행의 화재 사건이 발생한 금요일 밤이었다. 을지로 입구에 있는 기업은행 본점 뒤편에 내가 속한 야구부 숙소가 있었다. 원래는 요정이었던 개인 건물을 사서 숙소로 쓰고 있었는데, 선수 3명이 금요일 밤 본점 근처 술집에서 술을 마셨다. 통금이 있던 시절이라 늦으면 집에 가지 못하고 여관에 투숙해야 했다. 이들이 추운 날씨에 술을 마시고 야구부 락카(다다미방)에 와 석유난로를 피우려다 석유가 다다미에 흘렀고, 순식간에 불이 나 전소됐다. 다음날 출근해 보니 밤사이 난리가 난 것이었다. 본점 건물은 괜찮고 숙소만 다 타버렸다. 야구 도구도 모두 타서 없어졌다. 이런 상황을 보니 이제 은퇴를 해야겠다는 생각이 들었다.

10살부터 야구 외길 걸어온 것이 29세 나이에 끝난다고 생각하니 슬펐다. 1년 아래 후배와 상의하니 그도 은퇴하겠다고 말했다. 은행원 생활을 하기로 마음먹고 야구부 부장님(선린상고 선배이기도 한 함동열)께 말씀드렸더니 내 생각을 존중해 주셨다. 지점

1967년 2월 기업은행 고양군 야구장에서 동료 선수들과 함께(위). 1974년 전국실업연맹전 하계리그에서 우승기를 받는 모습. 당시 주장으로 활약했다.

으로 발령받기 전 몇 달 쉬고 싶다고 하니 허락해 주셨다. 그래서 쉬고 있었던 차에 선린상고 야구부에 문제가 생겼다는 소식이 들렸다.

청룡기 예선에서 무명에 지나지 않던 대광고에 패해 학교가 뒤집어진 것이다. 감독이 잠적하고 사라진 상태로 몇 달을 보내던 중 선린상고 야구부에서 어디서 내 소식을 들었는지 나를 다급히 찾았다. 빨리 학교로 와달라는 연락을 받고 갔더니 정말 난리가 난 상황이었다. 열성 동문, 학부모, 원로 선배인 박상규(야구협회 전무), 풍규명(사무국장) 님이 기다리고 있었다. 교직원 식당으로 나를 데리고 가더니 "우리 야구부가 매우 어려우니 자네가 감독을 맡아주게" 하고 말했다.

그리고는 한룡국 교장선생님 방으로 나를 데리고 갔다. "59회 졸업생 박용진입니다"라고 인사를 하고 "은행에 다니고 있어서 감독을 맡을지는 지금 답할 수 없습니다"고 말했다. 그때까지만 해도 지도자를 하려는 생각이 전혀 없었기 때문에 당황스럽기까지 했다. 그분들께 "마음이 있다 하더라도 인사권자인 교장선생님이 허락하셔야 하는 것 아니겠습니까"라는 원칙적인 이야기만 남기고 귀가했다.

내가 교장실을 나오고 난 뒤 교장선생님은 바로, "저분을 감독으로 모시도록 하세요"라며 "이제 더 이상 추천은 받지 않겠다"고 결정했다. 그때 감독 후보로 18명이 거론되고 있었지만 교장선생님은 열아홉번 째 만난 나를 감독으로 결정했다는 말을 후에 들었다.

불꽃이 일어나기까지

선린상고 야구부 감독으로 처음 출근하고 연습을 시키니 학교가 떠들썩했다. 재학생들, 동문, 학부모, 교사들의 시선이 집중됐고, 몇몇 선수는 특권의식에 사로잡혀 수업에도 참여하지 않는 모습이었다. 나는 "수업 4시간은 기본"이라는 원칙을 세웠다. 그리고 "수업을 빠지면 퇴부 조치한다"고 단호히 말했다. 이러한 원칙을 지지한 선생님들이 교실에서 "이번에 오신 감독님은 정말 훌륭한 분"이라며 도와주셨고, 학생들도 서서히 나를 믿고 따르기 시작했다.

이렇게 하여 1977년 첫해는 많은 어려움과 우여곡절 끝에 팀이 빠르게 안정을 찾았다. 기강이 서고, 한 몸이 되어 열심히 뛴 결과, 봉황대기고교야구대회 결승에 진출하면서 광주 전국체전

1979년 2월 선린상고 야구부를 이끌고 마산상고에서 전지훈련 할 때.

에 서울 대표로 선발됐다. 전국체전에서는 광주일고를 꺾고 선린 야구 사상 첫 전국체전 우승을 일궈냈다. 광주일고에는 이상윤, 방수원이 마운드에 있었지만, 우리는 이길환의 완투로 4:2 승리를 거두었다. 청파동 초입부터 브라스밴드와 함께 귀환 환영식이 열리던 날, 야구는 단순한 운동을 넘어 모두가 우승의 기쁨을 함께 나누는 감동의 서사가 됐다.

1977년 전국체전 우승에 이어, 2년차인 1978년에는 천신만고 끝에 봉황대기 결승까지 진출했으나 서울고에 2:5로 패하여 준우승에 머물렀다.

당시 주심의 이상한 볼 판정 하나가 2:2 상황을 깨고 밀어내기가 되더니 다음 타자에게 안타를 맞고 석 점 차로 패한 것이다. 이길 것 같았던 경기에서 패해 준우승한 것 때문에 동문회에서 "감독 때문에 졌다"고 비판하는 사람이 생겼다. 여기에 야구부 출신 동문이 합세하여 나를 쫓아내려고 했다. 이 상황에 지친 나는 더 이상 팀을 이끌 수 없다는 생각에 점심시간에 선수들을 불러 모으고 "난 이제 떠난다"고 선언했다. 그러자 선수들이 "감독님이 가시면 안 된다"고 바짓가랑이를 붙들고 늘어졌다. 이 광경을 목격한 학생들이 교무실로, 교장실로 연락해 난리가 났다. 이렇게 큰 소동이 난 후, 교장선생님과 동문, 학부모, 선수들이 강력하게 나를 붙잡아 하루 만에 복귀하기도 했다.

현실은 늘 만만치 않았다. 1977년 선린상고 야구 감독으로 취임하고 보니, 이미 진학이 정해진 3학년 선수들이 나태하고 무기력해 있는 모습을 보며 기가 막혔다. 선배이자 감독인 내게 대들지는 못했지만, 그들을 변화시키는 건 참으로 어려운 일이었다.

그런가 하면, 온양이 집인 선수 네 명을 숙대 근처에 하숙을 시켰다. 선배 후원자가 비용을 대주기로 했지만 하숙비가 밀려 내가 아내와 함께 하숙집에 찾아간 일도 있었다. 추운 겨울 유담프(온수병)를 안고 자야 한다는 얘기를 들었을 때 마음이 아팠다. 하지만 동문 중에는 "나도 더한 데서 살았다"며 묵살하는 사람도 있었다.

선수들 뒷바라지를 하며 깨달은 바가 있다. 사람을 키우는 일은 성질로 되는 것이 아니라 사랑과 기다림, 그리고 헌신으로 이루어진다는 것을. 지도자로서의 철학은 단단해졌고, 선린의 불꽃은 그렇게 일어나기 시작했다.

'기적'은 없다

고교야구 감독으로 재임한 7년 중 1979년 대통령배 쟁탈 전국 고교야구 대회는 내 야구 인생 전체를 통틀어도 가장 극적이고 감동적인 순간 중 하나였다.

1차전 상대는 보성고였다. 보성고 투수 이창호는 전국 중학 투수 중 최고로 정평이 난 선수로, 퍼펙트 경기도 해낸 걸출한 투수였다. 선린중 야구 감독으로 20여 년 봉직한 송병섭 감독이 보성고 야구부를 창단하며 보너스로 선린중 야구부 전원을 보성고에 진학시킨 것이다. 선린상고는 이창호가 던지는 볼을 쉽사리 공략

1977년 광주 전국체전 우승 후 교내에서 열린 축하 행사에서.

을 못 하다가 2:0으로 이기며 어렵게 첫 관문을 뚫었다.

2차전은 초고교급으로 이름을 떨치던 인천고 최계훈 맞아 3:0
으로 승리를 하게 된다. 3차전은 잠수함 투수 진동한의 경북고를
3:2로 힘겹게 물리쳤다. 어려운 고비를 계속 넘기고 결승에 진출
한 것이다.

결승전까지 올라간 우리의 상대는 초고교급 윤학길 투수가 버
티는 부산상고였다. 주변에서는 부산상고에 패하는 것은 당연한
결말이라고들 했다. 전문가 대부분이 부산상고의 우승을 예측한
까닭은 선린의 경우 3학년인 윤석환, 박노준, 김건우, 이 세 명이
주축이라 상대적으로 약체라고 평가했기 때문이다. 그러나 예상
을 뒤엎고 윤학길 투수를 1회부터 두들겨 15:1이란 큰 점수로 이
기며 우승했다. 전문가들은 이상한 일이라고 놀라워했다. 청파동
교정은 흥분의 도가니였다. 전교생이 동대문야구장에서부터 교

1977년 광주 전국체전에서 전남고 야구부 감독인 선배와 함께.

1979년 대통령배 우승 기념으로 중앙일보를 방문했을 때.

문까지 함께 행진하며 교가와 응원가를 목이 터져라 불렀다. 그 날 밤은 모든 것이 축제였다.

당시 라인업은 다음과 같다. 투수 윤석환, 박노준, 포수 김태연, 1루수 유지홍, 2루수 김건우, 3루수 김종호, 유격수 이정철, 좌익수 조영일, 중견수 정선채, 우익수 박노준, 송일복, 선린은 선발 윤석환(고3)과 박노준(고1)은 원포인트 릴리프로 던졌다. 레귤러 중 1학년 세 명은 투수, 우익수 박노준, 2루수 김건우. 좌익수 조영일이다.

나는 이 승리를 기적으로 여기지 않았다. 기적은 준비된 자에게 오는 법. 이것은 선수들의 눈물과 땀, 그리고 팀 전체가 만들어낸 시간의 선물이었다. 그해 가을, 우리는 진정한 '선린야구'를 꽃피웠다. 나는 그 중심에서 다시 지도자로서의 사명을 새롭게 다짐했다.

내가 모교에서 야구부를 잘 이끌 수 있었던 것은 학교 구성원들의 이해와 지지가 있었기 때문이다. 특히 한룡국 교장 선생님을 비롯해 박주두, 이관형, 이성하, 전재수, 엄한정, 정병희, 황장규, 박노원, 강송식 선생님은 늘 야구부의 활동을 응원하고 묵묵히 힘을 보태주었다. 그들의 지지는 선수들뿐 아니라 지도자였던 나에게도 큰 버팀목이 되었다.

물론 경기 운영이 늘 순조롭기만 한 것은 아니다. 패한 날엔 숙대 근처 설렁탕집이나 라면집에 데리고 가서 허기진 배를 채워주었고, 정확한 분석을 통해 반복되는 실수를 줄이고 다음 경기에서는 어떤 변수를 조심해야 할지 가르쳤다. 무엇보다 패배에도 주눅 들지 않고 조용히 성장해 나가는 것이 중요하다는 생각이었다. 이긴 날에도 경기를 복기하며 경기를 잘 치른 이유를 살펴보고 들뜬 분위기 속에서도 자만하지 않도록 지도했다. 이것은 팀의 승패만 보는 것이 아니라 '야구를 통해 사람을 키운다'는 마음에서 비롯된 것이다. 나는 여섯 남매 중 다섯째로 태어났는데, 부모님은 자식들을 큰소리로 꾸짖는 법이 없으셨다. 사랑과 자유 속에서 자란 나에게 권위주의적인 리더십은 맞지 않았다. 야구도 인생도 자율성과 자발성이 없으면 오래가지 못한다는 것을 나는 경험으로 깨달아 왔다.

고교야구를 지도한다는 것

이후 선린상고를 떠나 대광고로 옮겼는데, 1981년 대광고 야구부가 해체되며 선수들을 장충고, 선린상고 등으로 이적시켜 주고 나서는 깊은 피로감에 가족과 함께 쉼의 시간을 보내고 있었다. 그동안 너무 달려왔다. 몸도 마음도 지쳐 있었다. 그때 경기상고의 김재복 부장과 동문회 간부를 프라자호텔 뒤 중국집에서 만나 식사하면서 경기상고의 감독으로 와달라는 요청을 받았다. 나는 바로 승낙하고는 학교에 가서 아이들과 상견례까지 마쳤다. 그런데 다음 날 일이 벌어졌다.

신일고에서 득달같이 달려와 "우리 학교로 와달라"고 간곡히 애원하는 것이었다. 사실 경기상고에 앞서 신일고 쪽에서 먼저 접촉이 있었고, 이봉수 이사장과 야구부장을 만나 인사도 드렸다. 그러나 매듭이 지어지지 않아 경기상고 쪽으로 마음을 정한 것인데, 막상 그들의 절실함을 보고 마음이 흔들렸다. 야구부장이 우리집까지 찾아와 문 앞에서 기다리는 모습에 결국 다시 마음을 바꾸었다. 그렇게 해서 신일고 감독이 되었다,

그러나 그곳에서의 2년은 말 그대로 '고난의 연속'이었다. 이사
장 형제들 간의 재산 분쟁이 있어, 사위였던 교장은 골치가 아프
다며 미국 유학을 명분으로 학교를 떠나고 임시 교장이 학교를
운영하는 혼란스러운 상황이었다. 행정과 운영, 지원까지 되는
것도 없고, 안 되는 것도 없는 기묘한 형국이었다. 학부모들은 하
루가 멀다 하고 서로 다투고 학교와도 싸웠다. 야구부장은 자신
의 사람으로 코치를 심어 놓아 내 동향을 일거수일투족 살피게
했다. 이런 상황에서 어떻게 팀이 하나로 움직일 수 있겠는가. 나
는 점점 확신하게 되었다. '이 팀은 내가 오래 머물 곳이 아니다.'
 그러나 선수들은 버릴 수 없었다. 실력으로는 대학 진학이 어려
운 아이들을 위해 길을 열어주려 애썼다. 1982년, 건국대학교 한
을용 감독에게 연락했다. "형님, 선수 몇 명 좀 받아줘요." 한 감

1980년 대광고 감독 시절.

1982년 7월 신일고 감독 당시, 미국 존스타운 세계청소년대회 참가를 앞두고 김포 공항에서 전국에서 선발된 선수단과.

독은 두말 하지 않고 네 명을 받아주셨다. 또한 주장이 진학할 곳이 마땅치 않아 연세대 박노국 감독에게 부탁했다. "노국아, 네가 원하는 선수가 있으면 내년에 제일 먼저 보내줄 테니, 이번엔 이 아이 좀 받아줘." 그 말 한마디에 박 감독은 고개를 끄덕였다. 내 말만 믿고 선수를 받아준 박 감독이 고마웠다.

고맙게도 고려대 최남수 감독과 야구부장 신수식 교수도 선수를 받아주기로 했다. 1루수 길홍규와 김항기 외 한 명을 더 묶어서 보내고 싶었다. 그런데 고대 쪽에서는 다른 한 명의 선수 아버지 소문이 너무 안 좋다고 난색을 보였다. 고려대에서는 "그 아이 말고 다른 선수를 보내주시지요"라고 했다. 하지만 나는 "아버지는 그렇다 쳐도, 아이가 무슨 죄가 있습니까"라고 야구부장을 설득했다. 새벽까지 밀고 당기기를 하다가, 결국 내가 제안한 조건 그대로 진학이 성사됐다.

나는 선수 하나하나를 그냥 지나치지 못했다. 그들의 뒷모습을 보는 게 두려워 끝까지 방법을 찾았다. 그게 지도자로서의 나의 철학이고, 사람을 대하는 나의 태도이다. 그러나 현실은 나를 계속 벼랑으로 몰았다. 이제는 떠날 때가 되었다는 생각이 더 깊어졌다. 나는 더 지체하지 않기로 하고 선수들의 진학을 다 마무리 지은 뒤 신일고 감독직에서 물러났다.

그해 겨울, 나는 그동안 지쳐 있던 정신과 육체를 쉬게 하며 다음 걸음을 준비하고 있었다. 그리고 야구는 또 다른 모습으로 나를 부르고 있었다.

그라운드에서 씨 뿌리는 농부

야구는 기다림의 스포츠다. 단번에 좋은 결과는 나오지 않는다. 플레이마다 시간과 흐름이 필요하다. 지도자의 길도 마찬가지다. 1990년 프로야구단의 어느 팀에 있을 때, 단장이 나를 불렀다. 그리고는 "박 코치, 포수 한 명을 6개월 안에 키워주세요." 나는 가만히 웃었지만 속으로 생각했다. '청정 채소도 아니고 어떻게 포수를 6개월 안에 키우느냐'고. 사람 키우는 일이 어디 그렇게 되는가. 씨를 뿌리고, 물을 줬으면 기다려야 한다.

야구선수도, 자식도, 인생도 모두 마찬가지다. 기다림 없이 이루어지는 건 없다. 기다리는 동안, 나 자신도 성숙해진다. 인내는 나를 단단하게 하고, 나의 언어를 다듬어주고, 사람 보는 눈을 길러준다. 성급한 지도자는 아이를 다치게 만든다. 말로 변하는 사람은 드물다. 실수에 대한 야단보다, 침묵 속의 기다림이 더 큰 변화를 이끌기도 한다. 이건 경험에서 온 깨달음이다.

처음엔 나도 말을 많이 했다. "왜 그렇게 해?", "이건 아니지." 하지만 어느 순간부터 말하지 않게 됐다. 말 대신 기다리고, 응시하고, 기도했다. 그리고 알게 되었다. 사랑이 없이는 기다림도 불가능하다는 것을. 그 사랑은 인간적인 감정의 사랑이 아니라, 참 사랑, 인내하고 용서하고 회복하게 하는 주님의 사랑이었다. 내 사랑만으로 해보려다 지쳐버리고, 꺾이고, 속상한 날들을 지나 비로소 진짜 사랑은 말이 아니라 행동이라는 것을 깨달았다.

사랑은 그라운드에서 보여주는 것이었다. 어느 날, 선수 하나가 내게 다가와 이렇게 말했다. "감독님, 요즘 왜 저한테 아무 말 안 하세요?" 나는 빙그레 웃으며 대답했다. "말 안 해도 내가 널 얼마나 사랑하는지 알잖니." 그날 이후, 그 선수는 스스로 달라지기 시작했다.

사람은 강요가 아니라, 기다림 속에서 변화한다. 기다림은 고통스러운 일이다. 결과가 나오지 않을 때, 조급함은 문을 두드린다. 하지만 나는 믿는다. 하나님은 늘 기다리시는 분이시고, 그 기다림 끝에야 진짜 변화가 싹튼다는 것을. 그래서 나는 오늘도 기다린다. 눈에 띄는 변화보다, 조용한 싹을 위해. 사람이 열매 맺기까지의 시간은 각자 다르기에, 나는 내 자리에서 묵묵히 땅을 고르고, 씨를 뿌리며 기다리는 농부가 되려 한다.

프로야구로 터를 옮기다

진정한 야구 후원자를 만나다

　나는 홀로였지만, 야구는 나를 떠나지 않았다. 1983년, 신일고를 끝으로 고교 지도자의 옷을 벗은 뒤 한동안 방송과 신문의 야구 해설위원으로 활동했다. 야구를 보는 시선은 여전히 뜨거웠지만, 그라운드의 흙냄새가 그리웠다. 그러던 중 1985년, MBC 청룡에서 새로운 길이 열렸다. 당시 MBC 이웅희 사장님, 그분이 아니었다면 프로 무대에 설 수 없었을 것이다. 나를 발탁한 은인이자, 진정한 야구 후원자였다. 나는 평생 그 은혜를 마음에 품고 살아왔다.

　1985년 6월 MBC 사장실에서 한 통의 전화가 왔다. 중계 해설차 대구에 내려가려고 준비하던 중이었다. "위원님, 빨리 정동 사옥 사장실로 오세요" 하는 비서실의 호출. 택시를 타고 갔다. 당시 팀 성적이 나빠 고민 중이던 이웅희 사장님이 여러 전문가에게 조언을 받은 것 같았다. 이것저것 물어보며 내 말을 경청했다.

MBC 청룡 코치 시절인 1985년 6월 건국대 구장에서.

질문에 차분하고 논리적으로 답변을 드리고 나왔다. 그리고 대구
로 가는 기차를 타기 위해 서울역으로 발걸음을 재촉했다.

　대구에 도착하니 청룡 구단 사무실에서 전화가 왔다. "위원님,
중계 마치고 오시면 사무실에 들르세요"라고 했다. 구단주의 특
명으로 코치로 계약하라는 것이었다. 계약금도 미리 정해둔 것을
받았다. 이리하여 나는 프로에서 지도자 생활을 하게 됐고 이웅
희 구단주는 은인이 됐다.

1985년 건국대 구장에서 MBC 청룡 동료 코치와.

내 야구의 처음이자 끝

MBC 청룡은 지금처럼 정비된 구단이 아니었다. 연습장은 자양동 건국대학교 야구장을 빌려 쓰는 처지였고, 감독은 연습장에 거의 나오지 않았다. 코치들 수준은 낮았고, 선수들과의 신뢰는 바닥에 가까웠다. 합숙은 서울 강변의 리버사이드 호텔 또는 타워 호텔에서 이뤄졌다. 훈련보다는 술을 마시는 밤 문화가 더 익숙한 선수들이 많았다. 코칭스태프는 이를 단속할 힘도, 권위도 없었다. 나는 이런 분위기 속에서 철저히 '낯선 사람'이 돼버렸다. 패배하는 날이면 책임은 코치 몫이었고, 감독은 말없이 물러나고, 구단은 그런 분위기에 편승했다. 프런트도 마찬가지였다.

코치들의 의견은 들으려 하지 않았고, 오히려 살아남기 위해 서로를 끌어내리려는 분위기만 무겁게 깔려 있었다.

　나는 아첨할 줄 몰랐다. 타고난 성격이 그랬다. 그렇기에 점점 더 고립됐다. 혼자 묵묵히 훈련장에 나가고, 선수들과 대화하며, 언제든지 팀을 떠나야 할 것 같은 느낌이었지만 하루하루를 버텼다. 어느 날, 경기 중 부당한 판정에 강력히 항의했다. 그게 항의 소동이라며 보도되기도 했지만, 내겐 그것마저도 절박한 소통의 시도였다. 그렇게 MBC 청룡에서의 첫 시즌이 지나갔다.

　나는 아직 진짜 '프로'의 시대가 열리지 않았다고 느꼈다. 무늬만 프로, 형식만 프로였던 그 시절, 나는 다시금 질문했다. "나는 여기서 무엇을 할 수 있는가." 그러나 야구는 여전히, 나를 떠나지 않았다. 선수 몇 명이 다가와 조용히 말했다. "코치님, 힘드시죠. 저희는 다 알고 있어요." 그 말 한마디가 나를 다시 일으켰다. 비록 조직은 나를 외롭게 만들었지만, 선수는 나를 알아보았다. 그것이 내 야구의 출발이자 끝이었다.

유니폼은 바뀌어도 철학은 하나

얼마 후 MBC 청룡을 떠나, 태평양 돌핀스, 삼성 라이온즈, LG 트윈스에서 코치 생활을 이어가게 됐다. 각기 다른 도시에, 다른 팀 컬러에, 다른 야구 문화가 있었다. 하지만 내 안에는 언제나 한 가지 원칙만이 살아 있었다. 야구는 사람을 남기는 일이라는 것.

태평양 돌핀스와 함께
인천 야구의 열기를 되살리다

창단 첫해인 1988년, 태평양 돌핀스는 시즌 동안 이기는 날보다 지는 날이 많았다. 그러나 이 팀은 기회를 주는 팀이었다. 경기에 목말라 있는 젊은 선수들에게 나는 기본기와 멘탈을 가르치려 애썼다. 누구도 주목하지 않았지만, 그라운드에서 구슬땀을 흘리던 선수들의 모습에서 나는 나의 과거를 보았다.

1989년 1월 태평양 돌핀스 오대산 극기훈련 때.

　사장은 훈련이나 경기 운영에 일일이 개입했다. 툭하면 코치를 바꾸라는 주장도 했는데, 3루 코치였던 나를 바꾸라고 감독에게 압력을 넣었다. 무사 3루 찬스에 타구가 우익수 라인드라이브로 잡혔다. 잘 맞은 타구여서 무심코 '고 고' 사인을 낸 3루주자가 홈으로 달려갔다. 아뿔싸, 이것을 우익수가 잡아내 3루로 이어져 더블 플레이가 된 일 때문이다. 3루 코치의 기본도 모르고 나가 서 있었던 것이다. 한심한 코치의 시절이었다.

　김성근 감독이 부임한 1989년 1월에 오대산에서 오리엔테이션이 있었다. 자고 일어나니 눈이 무릎까지 쌓여 있었다. 이런 상황인데도 극기훈련을 위해 산행을 강행한다는 것이었다. 오후에

월정사에서 출발해 상원사를 거쳐 다시 돌아오는 코스였다, 산행 도중 눈보라가 쳐 앞이 보이지 않았다. 순간 '조난을 당하겠구나' 하는 공포가 몰려왔다. 무릎까지 빠지는 눈길을 헤치며 앞으로 나가기가 정말 힘들었다.

나는 대열 중간에 끼여 있었는데 힘이 빠져 도저히 앞으로 나갈 수가 없었다. 그러나 되돌아갈 수도 없어 죽기살기로 계속 나아가야만 했다. 죽을힘을 다해 전진한 끝에 새벽이 돼서야 상원사에 도착하니 모두 기진맥진한 상태였다. 김성근 감독은 뜨거운 누룽지 국물을 앞에 놓고 우리를 기다리고 있었다. 이것을 벌컥벌컥 마시며 추운 몸을 추스르고, 다시 월정사 옆에 있는 오대산장 숙소로 돌아왔다. 지금 생각해도 죽음의 공포가 엄습했던 아찔한 순간이었다.

오대산 극기훈련을 통해 정신 무장과 혹독한 훈련을 견디어 낸 태평양은 1989년 일대 파란을 일으켰다. 일단 전후기 시즌이 아닌 풀시즌으로 치른 성적으로 가을야구에 진출할 수 있었다. 당시 신인 트리오 정명원, 최창호, 박정현 투수는 팀의 62승 중 64.5%에 해당하는 40승을 합작하며 정규 시즌 평균자책점 2, 3, 4위를 차지하는 기염을 토했다. 이들의 맹활약을 바탕으로 태평양은 7개 구단 중 3위를 기록하며, 인천 연고 팀 사상 처음으로 포스트시즌에 진출했다. 이후 삼성 라이온즈를 상대로 2승 1패를 거두며, 플레이오프에 진출했지만 당대 최강의 무적 해태 타이거즈를 넘지 못하고 결국 3전 전패로 무너지고 말았다.

그 해는 연초 오대산 극기훈련을 시작으로 신인 트리오의 활약과 준플레이오프에 이르기까지 인천의 야구 열기를 되살린 한 해로 기억된다. 팬들의 성원도 대단했다.

1990년 김성근 감독이 태평양에서 해임되고, 나도 일 년 남은 계약을 구단과 협상 끝에 종료하기로 매듭을 지었다. 그러다 1991년 김성근 감독이 삼성 라이온즈 감독으로 부임하게 됐다. 1990년 11월 6일, 삼성 편송언 사장이 김성근 감독을 영입한 것이었다. 그때 나는 미국에 1년간 연수를 가기 위해 준비 차 샌프란시스코에 있는 누님 집에 갔다. 거기서 여러 상황을 놓고 생각을 하다가 12월 말 돌아왔다. 공항에 도착하니 김성근 감독으로부터 연락이 와, 무교동에서 만나 삼성에서 같이 해보자는 제의를 받고 고민 끝에 수락했다.

1991년 정초 삼성으로 가려고 준비를 하고 있는데 태평양으로부터 한 통의 내용증명이 날아왔다. '삼성으로 못 간다'는 내용이었다. 1년 남은 연봉도 주지 않고 무조건 못 간다고 하는 것이다. 계약 기간이 남아 있는 상태에서 사의를 표하고 구단과 구두 합의로 팀을 옮기기로 한 것인데, 태평양에서는 나를 놓아주지 않으려고 했다. 삼성으로 가는 시간이 지연되면서 일단 인스트럭터로 3월에 가는 방식으로 옮긴 뒤 3년간 삼성에서 지도자 생활을 했다. KBO 이웅희 총재님, 이용일 사무총장님, 〈주간야구〉 김창웅 주간님, 〈스포츠서울〉 이종남 기자님의 도움이 있어서 가능한 일이었다.

삼성 라이온즈에서 선진야구를 경험하다

삼성 라이온즈로 옮긴 1991년, 일본 긴테츠 버팔로즈 추계캠프에 선수 4명과 함께 참가했다. 버팔로즈 코치들과 저녁 식사 후 바둑도 한 판 둘 정도로 국제 교류의 문을 넓힐 수 있던 시기였다. 일본식 야구의 정밀함과 성실함은 큰 자극이 되었고, 지도자로서 새로운 눈을 뜨는 계기가 됐다.

이만수, 김성래, 이종두, 김용국 등 계약이 늦어진 1군 선수들이 일본 스프링캠프 합류하기 전 2군에서 관리했는데, 이들과 지내면서 멘탈 부분에서 도움을 주게 됐다. 기라성 같은 선수들의 고

1991년 일본 긴테츠 버팔로즈 추계캠프에서.

민을 들어주고 도움을 주기 위해 노력한 것이 보람으로 남아있다.

또한 류중일은 방위 근무로 원정을 가지 못하는 제약 때문에 2군에서 연습하며 컨디션 관리를 했던 일도 좋은 추억으로 자리매김하고 있다. 이 시절 만난 미국 코치 루이스 티안트는 내게 정통 투수 철학의 진수를 보여주었다.

이에 앞서, 1991년 3월 초에 삼성 구단과 계약을 하기 위해 구단 사무실에 갔더니 '선진야구 조기 정착의 해'라는 현수막이 걸려 있었다. '이게 뭐지?' 하며 어리둥절했는데, 수년이 지나서야 그게 삼성 이건희 회장의 지시였다는 것을 알게 됐다. 이건희 회장은 요미우리 자이언츠 나가시마 시게오 감독과 아주 가까운 사이로 야구에 해박했다고 한다. 그래서 구단은 일본 코치, 미국 코치를 계속 인스트럭터로 불러들여 앞서가는 선진야구를 선수들에게 가르쳤다.

선진야구 조기 정착이라는 캐치프레이즈를 달성하기 위해 구단은 인스트럭터 초빙 뿐만 아니라, 코치와 선수단의 해외 연수까지 백방으로 노력을 했다. 그러나 이와 같은 노력에도 삼성은 우승이란 결실을 맺지 못해 고민이 깊었다. 1985년 통합우승 후 20년간 우승을 하지 못하다가 2002년에 코리언시리즈에서 LG를 4승2패로 꺾고 드디어 첫 우승의 꿈을 이루게 되었다.

이 시기에 나는 야구 원서와 인스트럭터를 통해 기술 이론을 습득할 수 있었는데, 이것이 바탕이 되어 야구를 보는 통찰력과 상상력을 갖추게 되며 선수 지도에 큰 힘이 됐다. 특히 삼성에서는 최고의 훈련장 시설을 활용할 수 있었던 것이 좋았다. 웨이트 트레이닝장, 수영장, 보조 야구장 등 모든 시설이 다 갖춰져 있어 선수들이 연습하는데 부족함이 없었다. 그리고 지도자 양성 차원에서 코치들을 미국, 일본 등으로 내보내 야구에 대한 안목을 넓히도록 아낌 없이 지원해 주었다.

LG 트윈스 시절, 지도자에서 야구 교육자로

1994~1996년까지는 LG 트윈스에 몸을 담았다. 이 시절 나는 야구계에 '멘탈 훈련'이라는 단어를 처음 소개했다. 그때까지는 모두 '정신력'이라는 추상적 말로 선수들을 몰아붙였다. 그러나 나는 미국 원서를 읽고, 번역하고, 공부하면서 선수 심리와 멘탈 훈련의 중요성을 하나하나 정리해 실제 훈련 프로그램으로 도입했다. 삼성이 '선진야구 조기 정착'이란 표어를 내걸었다면, LG 트윈스는 '웨이트는 보약이다'라는 표어를 지하 타격장에 붙여놓았다. 웨이트에 제일 눈을 먼저 뜬 구단이다.

멘탈은 단순한 정신력과 다르다. 자신을 돌아보는 능력, 스트레스를 이겨내는 힘, 실패를 이기는 회복탄력성을 키우는 것이다. 나는 이 개념을 적용해 실수 이후에도 무너지지 않는 야구를 가르치려 했다. 이 시절 나는 코치들에게 "선수를 변화시키고 싶다면 먼저 코치 자신이 변해야 한다"고 했다. 그 말을 실천하려 매일 아침 책을 읽고, 이론을 정리해 노트에 써보고, 일본과 미국 자료를 공부해 회의 시간에 공유했다. 그러나 안타깝게도 많은

1994년 LG 트윈스 코치 시절 미국 교육리그에서.

지도자들이 경험에만 의존하고, 배우려 하지 않는 태도에 익숙해
있었다.

나는 그게 늘 안타까웠다. '왜 그 좋은 경험을 이론으로 정리하
지 못할까. 그들이 몇 권의 책이라도 읽는다면 분명 지도가 달라
질 수 있을 텐데.' 그런 과정에서 나는 지도자로서 점점 더 야구
교육자가 되어갔다. 그리고 이 철학은 유니폼이 바뀌어도 변하지
않았다. 나는 LG의 코치였지만, 동시에 야구를 가르치는 한 사람
의 선생이었다.

백인천 감독은 LG 트윈스 창단 첫해인 1990년에 초대 감독을

맡아 한국시리즈 우승으로 팀을 이끌었으며, 첫 우승 후 4년 만인 1994년 신인 김재현, 서용빈, 유지현, 인현배의 맹활약으로 두 번째 우승을 거뒀다. 1994년은 내가 2군 감독으로서 뒷바라지하는 역할을 하며, 멘탈 강화에 역점을 둔 한 해이기도 하다. 10월에 미국 플로리다주 템파에서 교육리그가 열리고 있었는데 LG와 토론토 블루제이스는 자매 구단으로 코치, 선수 연수를 다녀올 기회가 있었다. 이때 배운 것이 야구에 새롭게 눈을 뜨게 하는 귀중한 자산이 되었다.

이 시절은 지도자로서 가장 행복한 시절이기도 했다. 구본무 구단주님, 강정환 사장님, 어윤태 단장님, 최종준 단장님이 내 지도 방법을 존중해 주고 전폭적으로 지지해 준 덕분에 3년 동안 야구를 소신껏 펼칠 수 있었다. 그때 2군에서 매니저로 나를 도와주었던 민경삼 SSG 사장(전 SK사장)의 탁월한 업무 능력도 큰 뒷받침이 됐다. 이분들이 없었더라면 오늘의 나는 없었을 지도 모른다. 팀 동료로 김인식(작은 김인식), 박종훈, 김용달, 신언호, 이광은, 오영일, 임호균, 박철영 코치와 구리 야구장에서 함께 한 시간은 가장 보람되고 즐거운 시간이었다. 연습을 마치면 근처 통닭집에 가서 맥주를 들이켜며 야구 이야기로 꽃을 피웠다. 서로가 가진 야구 지식을 꺼내놓고 자유롭게 토론하며 생각을 발전시켜 나가는 장이 되었다.

이광환 감독은 1군과 2군을 분리해, 2군은 내가 책임지고 맡아 지도하게 하는 선진 야구 시스템을 최초로 시도했다. 이는 MLB 운영 방법을 도입한 첫 케이스이기도 했다.

다시 선 그라운드, 야구 첫사랑 🏃

그라운드로 돌아오다
: 한화 이글스, 우리 히어로즈에서

LG 트윈스를 떠난 후 MBC 해설위원, KBO 경기 감독관으로 몇 년을 지냈지만, 나는 늘 현장이 그리웠다. 해설자석에 앉아 경기를 분석하는 일, 경기장의 규정을 감독하는 일, 그 모든 일의 뿌리는 결국 그라운드였다. 마운드 위의 숨결, 더그아웃의 긴장, 선수들의 눈빛과 손끝의 떨림을 느낄 수 있는 곳. 나는 다시 흙 위에 서고 싶었다.

돌아온 나는 한화 이글스 2군 감독과 잔류군 육성팀장 및 상담역, 스카우트 팀장 등 여러 보직을 맡으며, 젊은 선수들을 다듬는 일을 계속했다. 특히 2군 선수들을 지도할 때, 성적보다 성장이 중요했다. 이들이 1군에 못 올라가는 이유를 단순히 실력 부족으로 단정하지 않았다. 심리, 습관, 자신감 결여, 이 모든 것이 뒤엉켜 있는 현실 속에서 나는 그들을 다시 세워야 했다. 일주일에 한

번 투수 멘탈 교육을 시작하여 다음 날 경기에 어떻게 반응하는지 체크하며 지속적으로 멘탈 강화에 힘쓴 것이 한화에서 가장 보람 있던 일 중 하나다. 화난다고 모 코치가 얼굴에 사인펜으로 색칠한 사건, 바리깡으로 머리 가운데를 민 사건도 있지만, 아무튼 열심히 뛴 시간이었다.

고인이 된 이남헌 사장님과 황경연 단장님, 그리고 함승철 부장님과 이광환 1군 감독의 절대적인 신뢰가 없었다면, 리더십을 소신껏 발휘하기 어려웠을 것이다. 황경연 단장은 2군 코칭스태프 회식 자리에서 "나는 박 감독님의 말을 80% 정도는 믿는다"는 말로 힘을 실어주기도 했다. 이러한 구단의 지원 아래 선수들을 원만히 이끌 수 있었다. 돌이켜 보면 모든 분들의 배려로 3년간 지도자 생활을 잘할 수 있었던 것 같다.

2008년 우리 히어로즈에서는 기술고문으로, 직접적으로 선수를 지도할 위치가 아니었다. 오히려 멘탈 부분에 신경을 써야 했다. 합숙소에 있을 때, 선수들이 방으로 찾아오면 조언을 하는 정도로 그쳤다. 현대 유니콘스에서 우리 히어로즈로 넘어와 어수선한 분위기에 휩싸였던 선수들은 의욕 상실에 이르렀다. 선수들은 트레이너실에서 낮잠을 자며 연습을 게을리했고, 다른 팀으로 넘어가길 바라고 있었다.

경기는 패배의 연속. 그럼에도 코칭스태프는 아무런 답답함도 없어 보였고 선수들의 동기유발에도 관심이 없었다. 이런 분위 속에 기량 향상은 있을 수 없는 일이었다. 구단은 재정 문제로 힘들어했다. 직원들 봉급이 제때 지급되지 않는 일도 있었다. 어떻게 할 방법이 없었다. 참 어려운 시기였다. 그러나 히어로즈가 없었더라면 구단 숫자가 홀수가 되므로 리그 운영에 막대한 지장이 있었을 것이다.

가장 순수한 야구가 있다면

안타까움을 안은 채 가장 야구다운 야구, 순전한 야구는 어디에 있을지 생각해 보게 되었다. 나는 그 답을 리틀야구에서 찾았다. 2009년 우리 히어로즈에서의 마지막 유니폼을 벗은 뒤, 고양시 다문화 가정 자녀들로 구성된 '무지개 리틀야구단'에서 재능기부로 다시 야구와 손을 맞잡은 것이다.

리틀야구장에 서면, 나는 처음 야구를 시작하던 그 소년으로 돌아간다. 글러브가 너무 커 손목이 꺾이던 것, 미끄러진 땅볼을 잡고는 너무 좋아서 어머니에게 달려가 자랑했던 일 등이 떠올랐다. 처음 야구에 빠졌던 그 마음으로 나는 작은 아이들에게 공을 던지는 법, 달리는 법, 야구를 좋아하는 법을 가르쳤다. 때로는 아이보다 부모를 더 가르쳐야 했다. 욕심을 내려놓지 못하는 어른들이 아이들의 성장을 막기도 했다. 나는 부모 모임에서 이런 말을 했다.

"이 아이들이 프로가 되느냐는 중요하지 않습니다. 야구를 통해 사람이 되는 법을 배우는 게 먼저입니다."

몇몇 부모들은 그 말에 눈물을 글썽였다. 리틀야구는 나에게 야구에 대한 첫사랑을 떠올리게 해주었다. 경기가 전부가 아니고, 기록이 전부가 아니라는 것을 가르치고 싶었다. 아이들의 웃음과 눈빛, "감사합니다"라는 한마디는 야구가 나에게 주는 보상이었다.

그 긴 시간 동안 필자가 가장 깊이 배운 것은 기술도, 전략도 아닌 '사랑'이었다. 아이들에게 무엇보다 절실한 것은 어른이 건네는 따뜻한 마음이라는 사실, 그 사랑이 자라나는 마음의 등뼈가 되어준다는 깨달음이었다. 진심 어린 관심과 애정이 아이들의 인성을 지탱하는 서의 모든 섯이라고 말해도 지나치지 않았다. 재능기부의 현장에서 협동의 숨결, 서로를 배려하는 눈빛, 먼저 인사할 줄 아는 품격이 어떻게 아이들 안에서 피어나는지를 눈으로 확인했다. 사람으로서 갖춰야 할 가장 기본적인 덕목들이, 바로 이 사랑의 토양에서 자라난다는 진실을 체험했다. 그러나 오늘의 아이들은, 안타깝게도 이런 문화와 정서가 사라져 버린 풍경 속에 놓여 있다. 그래서 더욱 절실하다. 한 사람이 건네는 따뜻한 마음이, 한 세대를 다시 일으켜 세우는 씨앗이 될 수 있음을 잊지 않는 일이.

한편, 리틀야구 지도자 생활을 통해 이어진 모든 인연도 오늘의 나를 형성해 주고, 앞으로 선수와 후배들에게 전해줄 소중한 자산이 됐다. 리틀야구를 통해 나는 새로운 세대와 함께 호흡하며, 또 다른 멘토들을 만났기 때문이다.

김성봉 빙그레 이글스 창단 기획자이자 다문화가정 아이들을 품은 무지개 리틀야구단의 부단장. 야구를 단순한 경기의 차원을

다음 세대 육성에 가장 중요한 양분은 '사랑'임을 리틀야구 지도를 통해 배웠다.

넘어, 사회적 울림과 사랑의 도구로 확장시킨 분이다. 그는 야구를 통해 세상을 따뜻하게 물들이는 사람이다. 서완석 선생은 김성봉 부단장의 친구로, 현대중공업 간부 출신이다. 야구에 대한 이해가 깊고, 무엇보다 남을 배려하는 마음이 큰 분이다. 몇 해 전 그를 만나면서, 나는 다시 한번 깨달았다. 야구는 단지 공과 방망이의 세계가 아니라, 마음과 사람을 잇는 다리라는 것을.

야구를 사랑하는 또 다른 방법

야구 해설은 경기의 흐름과 숨은 전략을 풀어내며, 그 속에서 야구를 더 깊이 사랑하게 만드는 또 하나의 관전 방식이다. 나는 야구 해설자의 길도 걸었다. 그러나 늘 긴장감이 팽배한 일이기도 하다.

KNN 중계 지각 사건

2006년 4월 23일 일요일. 부산 사직야구장에서 롯데와 현대의 경기가 예정돼 있었다. 그날 KNN(부산방송)에서 중계방송이 있었고, 나는 해설자로 참여할 예정이었다. 하지만 방송국과의 연락 착오로 경기 시작 시각인 오후 2시가 되어도 나는 해설자석에 앉아 있지 못했다. 오전 11시쯤, 방송국에서 확인차 전화를 해왔는데, 나는 서울 수유리에 있는 교회에서 예배 중이었다. 상황이 심상치 않다는 걸 직감하고 예배를 마치자마자 택시를 타고 김포공

항으로 달렸다.

다행히 1시 30분발 비행기표를 간신히 구해 부산행 비행기에 몸을 실었다. 김해공항에 도착한 뒤에도 일요일 도심 교통체증에 갇혀 시간이 지체되었다. 택시 기사에게 사정을 설명하니 비상등을 켜고 사직야구장으로 달려주었다. 구장에 도착해 중계석으로 달려갔지만, 숨이 턱에 차오르고 준비도 되지 않아 해설이 제대로 될 리 없었다. 내가 마이크를 잡았을 땐 벌써 4회 정도 진행된 상황이었다. 다행히 1회 2득점, 2회 1득점, 3회 3득점… 경기 초반 롯데가 대량 득점을 하며 이닝이 느리게 진행됐으니, 경기 흐름이 나를 기다려준 셈이었다.

간신히 중계를 마쳤지만 마음 한편이 찜찜했다. 그런데 집에 도착해 KNN 게시판을 보니 난리가 났다. "해설자가 어디 갔다가 중간에 슬그머니 나타났냐", "전날 술 마셨느냐" 등 비난 일색이었다. 그나마 롯데가 9:1로 대승을 거둔 덕분에 그 정도 비난으로 그쳤다고 생각한다. 롯데가 패했다면, 아마 해설자 때문이라는 항의가 방송국으로 쏟아졌을 것이다. 다음 날 아침, KNN 고위층에서 담당 PD가 시말서를 쓰게 됐다고 연락이 왔다. 나는 이렇게 말했다. "그렇게까지 하려면, 저는 해설을 그만두겠습니다." 하지만 그 PD는 결국 시말서를 쓴 것으로 안다. 지금 생각해도 마음이 아프다. 나는 그만두면 그걸로 해결되겠지만, 조직원은 다르다. 책임을 대신하게 된 그분께 지금도 미안한 마음이다.

그날 승리투수는 손민한이었고, 7회를 던졌다. 이어 가득염, 이왕기, 나승현이 차례로 경기를 마무리했다. 그 시절 롯데는 암흑기에 있었다. 2004~2007년 성적은 8위, 5위, 7위, 7위. 매년 해설하기 힘든 시즌이었다. 해설이란 건 경기 내용이 좋아야 플러스가 된다.

특히 지역 방송에서는 홈 팀 성적이 곧 광고와 시청률에 직결된다. 어려운 여건 속에서도 2007년까지 4년간 KNN 중계 해설을 맡았다. 당시 이상구 단장, 홍보팀의 서정근, 김동진 님 등 구단 관계자분들께 많은 신세를 졌다. 사무실을 찾아가면 늘 따뜻한 커피를 내주고, 내 야구 이야기에 귀 기울여 주었다. 그 시간들은 내게 큰 위안이자 소중한 기억으로 남아 있다.

2008년부터 KNN은 중계를 중단했고, 롯데는 로이스터 감독 영입과 함께 부활의 길로 접어든다. 당시 KNN 대표이사로 재직한 김영일 사장님과는 1984년 서울 MBC 시절 인연을 맺어, 이후에도 서울과 부산을 오가며 해설 활동을 이어갔다. 기차 시간이 맞지 않을 때면 부산역 앞 찜질방에서 자고, 첫 KTX를 타고 올라오던 시절. 그 모든 여정은 이제 미소가 떠오르는 추억이 되었다. 캐스터 원창호, 문근해 님과 함께한 중계는 진정으로 행복한 시간이었다.

마이크가 이어준 인연

야구 해설자로서 캐스터들과 맺은 소중한 인연도 잊을 수 없다. 방송의 천재 차인태 아나운서는 나와의 첫 중계에서 이렇게 말했다. "박 감독, 긴장하지 마요. 공은 선수들이 던지는 거니까." 그 한마디가 얼어붙은 내 심장을 녹여주었다. 그날 내 말은 공처럼 가볍고 포수 미트에 정확히 꽂혔다. 중계가 끝난 뒤, 을지로 어느 골목 맥줏집에서 "오늘 괜찮았지?"라는 그의 물음에 나는 "형이 옆에 있으니 말이죠"라고 웃으며 대답했다. 그렇게 우리는 마이크를 사이에 두고 친구가 되었다.

"이건 야구가 아니라 문학입니다." 내가 한 경기를 시적으로 풀어 해설했더니 김용 캐스터가 이렇게 말했다. "박 감독, 오늘 해설은 마치 헤밍웨이 같았습니다." "헤밍웨이요?" "응. 노인과 바다 말이죠. 끝까지 물고 늘어지는 투혼." 그 말에 맥주잔이 울컥해졌다. 그날 중계는 투수도, 타자도, 우리도 다 '노인과 바다' 같았다.

김용 캐스터는 정통파 중의 정통파였다. 말에 군더더기가 없었고, 진행은 야구 경기처럼 매끄럽고 정확했다. 내가 입을 닫고 있으면 그는 마치 포수가 사인을 주듯 자연스럽고 부드럽게 나를 이끌어줘 말이 흘러나오도록 해주었다.

광주 무등경기장. 나는 해설자였지만, 처음에는 입을 잘 떼지 못하는 해설자였다. 경기는 흘러가고 나는 "네, 네…"만 되뇌었다. 중계를 마치고 서울 강남 터미널에 내리자 김용 캐스터가 말했다. "박 감독, 나 따라오시오." 방배동 그의 아파트 앞, 작은 호프집이었다. 맥주잔을 앞에 두고 내 마음은 무거웠다. '이제 해설을 접어야 하나.' 그때 김용 캐스터가 조용히 말했다. "박 감독, 내가 이끌 테니 걱정 마세요."

1984년 MBC 야구 해설위원 시절 모습. 임주완 캐스터와 올스타 야구대제전을 중계
했다..

그 한 줄의 위로는 내 안의 자신감을 깨웠고 나는 다시 해설자
로서의 길을 걷게 되었다. 김용 캐스터는 말을 아끼며 말의 본질
을 알았던 사람이다. 어디서 끊고, 어디서 받으며, 해설자가 망설
일 때 어떻게 말의 길을 열어줘야 하는지를 몸으로 보여주신 분
이다. 우리는 자주 그 호프집에서 마주 앉았고 야구 이야기, 방송
이야기, 그리고 인생 이야기를 나눴다. 그 자리에서 나는 해설 기
술이 아니라, 사람의 마음을 움직이는 말의 온도를 배웠다. 지금
도 중계석에 앉아 말을 할 때면, 그의 말이 귓가에 맴돈다. "내가
이끌 테니 걱정 마세요."

라디오 해설을 거쳐 가끔은 TV 중계도 맡았다. TV 해설의 중

심엔 허구연이라는 인물이 있었다. 1972년 우리가 함께 국가대
표 유니폼을 입었을 때 그는 20대 초반, 나는 3년 위의 선배였
다. 그는 학창 시절 공부도 잘했고, 은퇴 후에는 TV 해설의 중심
에서 새 시대의 말을 만들었다. 야구인이 보아도 참 잘하는 해설.
나는 그를 존경했고 존중했다. 시기나 질투, 다툼 없이 60년 가
까운 세월을 진정한 친구로 지냈다.

어느 책에서 읽었다. '그 사람을 존경하면, 그 사람이 성장할
때 나도 함께 성장한다.' 나는 그 문장을 좌우명처럼 품고 살았
다. 그래서 지금은 KBO 총재로 프로야구 행정의 정점에 서 있는
허구연이 빛날 때마다 나도 조용히 빛날 수 있었지 않았나 싶다.

3장

박용진의 야구 생각

MBC 청룡 타격 코치로 시작해 태평양, 삼성, LG를 거쳐 한화 2군 감독에 이르기까지 오랜 지도자 생활을 한 박용진 감독. MBC와 PSB-KNN 야구 해설자, KBO 경기운영위원, 우리 히어로즈 구단 기술고문까지 두루 거치며 한국 프로야구 전반을 속속들이 꿰뚫었다. 한국 야구에 대한 애정과 깊은 통찰력을 바탕으로 〈스포츠Q〉 등에 야구 칼럼을 연재했으며, 이중 큰 호응을 얻은 칼럼을 선별해 지면에 실었다.

혜안을 가진 '백락' 같은 스카우트

2014년 프로야구 시즌 개막을 앞두고 각 팀마다 새로운 선수들이 팬들 앞에 선을 보일 것이다. 그럼, 이런 새로운 선수들은 어떻게 뽑혀서 야구장에 서게 될까?

우리는 사람의 마음속을 열어 보고 그 안에 뭐가 있나 볼 수는 없다. 예컨대, 선수를 뽑는 스카우트가 가슴 깊은 곳에 있는 선수의 불굴의 의지를 측량해 볼 수는 없다는 것이다. 스카우트들의 어려움이 여기서 나온다. 이들은 현재보다도 미래를 예측하는 눈이 있어야 하기 때문에 예언자 같은 기질도 더불어 가지고 있어야 한다.

진나라 목공 시절, 백락과 구방호(백락의 제자)는 말을 보는 눈이 뛰어났다. 신기에 가까울 정도로 보통마, 명마를 구별하는 뛰어난 눈을 가진 사람이었다. 일반적으로 양마(良馬)를 감정하는 데는 근육과 뼈 등 겉모양을 보면 알 수 있다. 그러나 천하의 명마(名馬)는 겉모양만으로는 판단할 수가 없다. 백락은 눈에 보이지 않는 미묘한 요소를 분간할 수 있는 사람이었다.

보통 외모로 사람을 판단하여 낭패를 보는 경우가 참 많은 것 같다. 우리 야구계에도 간혹 지도자들이 겉모습만 보고 선수들을 판단하여 명마와 양마를 분간하지 못해 미래의 명마를 놓치는 경우가 종종 있다. 선수들의 미래를 내다보는 눈이 어두워 준마가 될 선수를 놓치고 평범한 선수를 겉모습만 보고 준마가 될 것으로 착각하여 데려와 수억을 허공에 날리는 경우를 너무나 많이 봐왔다.

1994년도에 필자가 모 구단에 있었을 때의 일이다. 그 당시 4억이란 큰 계약금을 주고 투수를 스카우트해 왔는데 한 경기도 제대로 활약하지 못하고 '먹튀(프로스포츠 리그에서 높은 계약금이나 연봉을 주고 데려온 선수가 기대에 미치지 못하는 경우)'만 하다가 퇴출시킨 경우도 있었다.

겉모양 같은 것은 전혀 보지 않고 그 속만을 보는, 또 보아야 할 점은 정확하게 보고 볼 필요가 없는 면은 보지 않는 것은 신기(神技)라고 할 수밖에 없다. 겉모습만 보고 별 볼일 없다고 생각하여 관심을 두지 않은 선수가 대성한 대표적인 경우로 김재박, 장종훈을 꼽을 수 있다. 김재박은 명문대 감독들이 뽑아주지 않아 지방대인 영남대에 눈물을 머금고 가서 성공한 경우이다. 장종훈은 빙그레 이글스에 연습생으로 들어가 대성한 경우이다.

오늘날 우리 프로야구계에 스카우트들의 능력이 절실히 요구되고 있다. 구단의 최고 손실은 거액을 들여 데려온 선수가 빛을 발하지 못하는 경우이다. 구단 경비를 아무리 줄여도 선수를 잘못 스카우트해 오면, 한방에 수억이 날아가 버리기 때문이다.

스카우트는 미래의 선수를 예측할 수 있는 능력을 길러야 한다. 그러기 위해서는 첫째, 야구 각 부문에 대한 이론을 습득해야 한다. 둘째, 끊임없이 경기장과 연습장을 누비며 선수에 대한 정확한 정보를 수집해야 한다. 셋째, 심판진과의 대화를 통해 정보를 얻어야 한다. 넷째, 야구 종사자들의 이야기를 많이 들어야 한다. 다섯째, 운동장 밖에서의 생활을 알아야 한다. 여섯째, 병력을 정확히 파악해야 한다. 이런 정보들이 모여서 백락의 눈이 되는 것이다.

그러면 이렇게 새로이 발굴된 선수들이 경기장에서 어떤 모습을 보일 것인지 기대하며 지켜보기로 하자.

2014년 2월 27일, 〈스포츠Q〉

못하는 선수단에
욕을 퍼부은 구단주

현재 프로야구는 초반이지만 졸전을 거듭하는 팀도 있으며 연승가도를 달리는 팀도 있다. 무기력하게 연일 패배하는 팀의 구단주, 사장은 분통이 터질 것이다. 오래전 미국에서는 화가 머리 끝까지 오른 구단주의 재미난 에피소드가 있었다.

자기 팀이 연일 졸전으로 울화통이 치민 나머지 참지 못한 구단주가 장내 방송을 통해 선수들에게 욕설한 사건이 있었다면 독자들은 믿을 수 있는가. 이 황당한 사건이 미국 야구장에서 실제 일어난 적이 있다.

메이저리그 샌디에이고 파드리스(박찬호가 뛰기도 했다)의 구단주였던 레이 크록스(Ray Kroc's)는 1974년 4월 9일 경기 중 장내 방송으로 자기 팀 선수에게 독설을 퍼부었다. 상대팀은 휴스턴 애스트로스. 샌디에이고가 8회 2-9로 끌려가자 갑자기 장내 방송에서 욕설이 나왔다. 크록스는 어떤 선수를 지칭하며 "저런 선수는 감옥에 쳐넣어야 한다"고 고래고래 소리를 질렀고 "신사숙녀 여러분, 저도 여러분하고 마찬가지로 괴롭습니다"라고 말했다.

3만 9083명의 만원 관중들은 영문을 모른 채 어리둥절해했다. 아무도 항의를 할 생각조차 못하고 있었다. 크룩스는 "저런 졸전은 한 번도 본 적이 없다"고 덧붙이며 욕설 방송을 끝냈다. 이 사건 이후 안 그래도 하위권이던 파드리스는 더욱 성적이 곤두박질쳐 60승 102패의 저조한 성적으로 시즌을 마감하게 됐다.

이는 〈The Base Ball Hall Of Shame〉(야구 불명예전당)에서 발췌한 내용이다. 필자가 프로 지도자 14년의 경험을 토대로 생각해 보건대 구단주 크룩스가 독설을 한 것은 단지 패배로 인한 것이라고는 생각되지 않는다. 1년 162경기를 치르는데 한 경기 잘못한다고 그렇게 독설을 퍼부었으리라곤 느껴지지 않는다.

분명 선수들이 성실하게 최선을 다하지 않고 무기력한 경기를 했을 것이다. 예컨대 타격에서 힘없는 스윙을 해서 삼진을 당하거나 찬스 때 평범하게 내야플라이 볼을 때려서 득점과 연결하지 못한다거나 한다면 화가 나는 법이다. 준비 없이 수비하다가 실수를 범하고 정신적인 실수(Mental Errors)를 하든지, 본 헤드(Bone Head) 플레이를 할 때에는 누구를 막론하고 화가 나게 되는 법이다. 이 구단주도 이런 플레이를 보다 못해 화가 치밀어 감정이 폭발한 것으로 보인다.

2014년 프로야구는 팀당 최소 17경기를 치르고 있다. 하위권의 몇 팀은 정말로 무기력한 경기를 하고 있다. 이런 경기를 보고 분을 삭이지 못하고 크룩스 같이 욕을 하고픈 다혈질 구단주도 있을 것이라 생각한다.

필자가 몇 해 전 모 구단에서 2군 감독을 할 때 있었던 일이다.

2군 코치와 선수들과 함께 1군 경기를 관전하고 있는데 갑자기 단장이 나를 찾았다. 단장은 사장과 함께 관전하고 있었는데 3루수 L모 선수를 트레이드하라며 화를 냈다.

이유를 들어봤다. 이 선수가 3루수를 보는데 몇 차례 1루 악송구를 뿌려 경기를 망쳤다는 것이다. 그는 당장 이 선수를 트레이드해서 눈에 안 보이게 하라고 했다.

하지만 아무리 사장이라고 해도 트레이드를 맘대로 할 수는 없는 일이다. 1군 감독과 구단 사장, 단장, 코칭스태프, 스카우트팀과 다각도로 연구하여 결정하는 것이다. 얼마나 화가 났으면 그랬는지 방송만 하지 않았을 뿐 크룩스와 마음은 같았을 것이다.

2군 감독인 나는 결정권이 없어 아무 것도 할 수 없었는데도 막무가내로 이야기했다. 뭐라 말도 못하고 물러나왔지만 그 이후에 다행히 트레이드 이야기는 없었고 사장도 야구단을 그만두었다. 이 선수는 아이러니하게도 그 이후에 대성했다. 억대 연봉 선수가 됐고 월드베이스볼클래식(WBC)에도 뽑혀 국가대표로도 대활약했다.

한국 프로야구 33년 야구사에 크룩스처럼 방송으로 독설을 한 예는 없다. 하지만 팬들은 알지 못하는 그와 유사한 독설이 사장이나 단장의 입에서 나오고 있다는 것도 사실이다.

한 번의 실수를 용납 못하여 트레이드하여 엄청난 손실을 가져온다면 그 책임은 누가 질 것인가. 트레이드를 잘못해 하위에 머물고 있는 팀들이 얼마나 힘들어하는지 모른다. 하위팀의 팬들은 수년에 걸쳐 짜증나는 경기를 보며 분통을 터트려야 한다. 사장은 가면 그만이다. 단장도 가고 감독도 간다. 하지만 선수는 오랫동안 머물러 있어야 할 존재다.

토니 라루사, 조 토레, 바비 콕스 감독. 세 감독은 뛰어난 역량으로 메이저리그 명예의 전당에 헌액됐다. 셋의 통산 승수를 합치면 7558승이다.

그가 빠진 가운데 선발 라인업에 갑작스레 포함된 맷 켐프는 잡을 수 있는 뜬공을 놓치며 류현진에게 부담을 줬다. 푸이그의 지각 사태로 인해 팀 분위기가 산만해진 다저스는 홈 팬들 앞에서 라이벌 샌프란시스코에게 대패하고 말았다.

경기 후 기자들은 패장인 돈 매팅리 감독에게 푸이그에 대한 질문을 쏟아냈다. 매팅리 감독은 기자들의 질문에 자세히 답변을 하면서도 한 번도 푸이그를 비난하는 말은 하지 않았다. 다만 앞으로 더 성숙해야 한다는 말을 했을 뿐이다. 이런 선수에 대해서 감독은 솔직한 속내를 공개적으로 털어놓을 수 없다. 앞으로 긴 여정을 함께 해야 하기에 그렇다.

잘하는 선수라고 해서 지각을 했는데도 예외 규정을 둔다면 감독은 통솔력을 잃게 된다. 제2, 제3의 푸이그가 나타날 때 어떻게 하겠는가?

덧붙이자면 감독은 큰 경기는 베테랑들이 이끌어간다는 사실을 알아야 한다. 무명의 선수를 기용해 성공하면 감독이 간혹 여기에 우쭐하는 경우가 있다. 영웅 심리가 발동해 깜짝 선수를 빈번히 기용하게 되는데 이는 대단히 위험한 생각이다. 신인들은 반짝 잘할 수는 있지만 오랫동안 활약할 수는 없다. 중요한 경기에서 빛을 발하는 베테랑 선수는 많은 시행착오와 오랜 경험을 통해 만들어지는 것이기 때문이다.

감독은 심리적으로 완전하지 않은 선수를 성숙한 단계로 끌어올려 활용해야 한다. 카운슬러 역할도 잘해야 한다는 의미다. 이런저런 다양한 개성의 선수들을 품고 가야 하고 기강도 확립해야 하며 경기도 승리해야 하기 때문에 감독의 자리가 어려운 것이다.

특히 코칭스태프는 경기 중 덕아웃에서 말을 조심해야 한다. 표정 관리도 잘해야 한다. 일본의 유명 스타 출신인 요미우리 자이언츠의 나가시마 감독은 경기 중 화를 참지 못하고 말을 함부로 내뱉었던 것으로 잘 알려져 있다. 그래서 선수들은 감독 옆에는 얼씬도 하지 않으려 했다. 때때로 감독은 친구로, 형님으로, 선생님으로 변해야 한다.

선수 기용을 비롯한 감독의 여러 능력에 따라 경기의 승패와 팀 전체의 분위기가 결정되기 때문에 이런 점들을 잘 유념하고 활용하는 감독만이 훌륭한 성적을 낼 수 있다.

2014년 4월 24일, 〈스포츠Q〉

타석에서 위협구 공포증을 떨쳐내려면

최근 투수가 타자 머리를 향해 던지는 헤드샷 때문에 퇴장사건이 일어났다. 지난 18일 문학구장에서 열린 삼성-SK전. SK의 외국인 투수 조조 레이예스가 삼성 박석민에게 머리 쪽으로 빈볼을 던져 머리를 정통으로 맞히는 끔찍한 일이 있었다.

이런 투구는 정말로 위험하고 심지어 선수 생명까지 빼앗아 갈 수 있기 때문에 심판은 레이예스에게 퇴장을 선언했다. 다음날 이만수 감독은 레이예스를 2군으로 내려보내는 조치까지 했다.

박석민은 공을 맞은 직후 병원으로 후송됐다. 검사 결과 두피에 피가 고여 있으나 수일 내 없어질 것으로 확인돼 복귀에 지장이 없게 됐다. 큰 사고로 이어지지 않아 다행이다.

투수들은 가끔씩 위협투를 던져 타자를 겁먹게 하여 타격 밸런스를 흐트러놓는다. 타자가 제대로 타격을 못 하게 하는 방편으로 종종 사용하지만 이것은 좋은 방법이 아니다. 무엇보다도 동업자 정신에 위배되기 때문이다. 빈볼, 위협구 문제는 큰 부상으로 이어져 선수 생명까지 지장을 줄 수 있다. 다른 팀에 대한 배려와 부상 방지 노력이 없다는 것은 비난받아 마땅하다.

그러나 빈볼이 아닌 이상 웬만한 폭투는 타자가 정신만 차리고 있다면 피할 수 있다. 이를 피할 수 없다면 좋은 타자라 할 수 없다.

타자들은 스프링캠프에서 몸 쪽으로 투구가 왔을 때를 대비해 시계방향으로 몸을 비트는 훈련을 한다. 이는 실투로 공이 몸 쪽으로 왔을 경우, 엉덩이나 등에 맞아 큰 부상을 피하기 위함이다. 이를 통해 타자들은 공이 몸 쪽으로 들어왔을 때 조금만 피해도 치명적인 부상을 면할 수 있다.

타격에 가장 지장을 주는 부위는 팔과 팔목, 팔꿈치다. 투구에 맞을 경우 이 부분에 맞으면 당장 골절상을 입게 되므로 각별히 조심해야 된다. 다행히 요즘에는 귀까지 덮는 헬멧과 각종 보호대를 착용해 부상 위험도 줄었다.

타자들은 머리에 공을 맞고 나면 공포증 때문에 타격에 어려움을 겪는다. 메이저리그 볼티모어 오리올스의 외야수 중에 폴 블레어(Paul Blair)란 선수가 있었다. 블레어는 1972 시즌 중 공에 맞고 이후 타석에 나갈 때마다 겁을 먹어 제대로 방망이를 돌리지 못했다. 타격 감각을 잃은 그는 그해 선수생활 중 가장 저조한 타율을 남겼다.

블레어는 어떻게 하면 공포증을 극복할 수 있을지 고민하던 끝에 정신과 의사에게 진찰을 받게 된다. 상담을 한 의사는 여러 측면의 검사를 통해 블레어의 반사 신경이 빠르기 때문에 충분히 폭투를 피할 수 있다는 신념을 불어넣었다. 의사의 이야기를 듣고 용기를 낸 블레어는 새로운 각오로 새 출발하여 다음 시즌 2

할대에서 3할대로 타율이 껑충 뛰어올랐다.

어느 타자나 위협구에는 공포증을 갖게 마련이다. 그러나 큰 타자가 되려면 두려움을 가져서는 안 된다. 어느 심리학자의 조사에 따르면 공포증을 극복하기 위해서는 2주일 정도 시간이 필요하다고 한다.

타석에서 공에 맞을 수 있다는 사실을 타자의 숙명이라고 긍정하고 나면 두려움이 다소 줄어들 것이다. 전장에서 죽음을 각오한 병사는 훨씬 잘 싸워 죽음의 위기에서 벗어난 경우가 많다는 사실과 다를 바 없다.

2014년 6월 23일, 〈스포츠Q〉

선수의 항명 사건,
코칭 거부를 보며

SK의 외국인 선수 루크 스캇이 지난 15일 인천 한화전을 앞두고 이만수 감독과 언쟁을 벌였다. 재활 훈련에 필요한 자신의 물품을 라커룸에서 챙기고 운동장을 빠져 나가던 스캇은 그라운드에서 선수들의 훈련을 지켜보고 있던 이 감독을 보더니 '거짓말쟁이(liar)', '겁쟁이(coward)'라는 단어를 쓰며 볼썽사나운 장면을 연출했다. 정말로 있어서는 안 되는 일이 벌어진 것이다.

필자는 이 문제를 바라보면서 감독과 선수 간의 관계에 대해 생각해 봤다. 선수가 왜 이런 극단적인 행동을 했을까. 내막을 정확히 알 수는 없으나 감독이 선수들과 약속을 지키지 않은 데서 분노가 폭발한 것으로 보인다. 선수는 감독으로부터 공평하고 평등한 대우를 받기를 바라며 차별 없는 동등한 대우를 받을 권리가 있다.

감독이 거짓말을 습관적으로 한다면 선수들에게 정직함을 요구할 권리가 없다. 감독이 거짓말을 할 경우 상당히 위험한 상황이 초래된다는 것을 알아야 한다. 장미정원을 약속해서는 절대 안 된다. 스타팅에 기용할 것이라고 언질을 준다든지 하는 지키지 못할 약속은 애초에 하지 않아야 한다. 지키지 못할 상황이 올 수 있기 때문이다.

이러한 문제는 SK에만 국한되는 문제가 아니다. 모든 지도자들이 깊게 생각해야 봐야 할 문제다. 스캇의 행동은 일종의 코칭 거부라고 볼 수 있다. 감독과 선수간 훈련 스케줄 이견으로 빚어진 충돌이다. 스캇은 메이저리그에서 9년이나 뛴 선수로 분명히 자신만의 루틴이 있을 것이다.

서로간 의견 차이가 크면 충분한 대화로 풀었어야 했다. 감독이 일방적으로 팀 방식에 따라줄 것을 요구하는 데서 불만이 터져 나온 것으로 보인다. 평소에 의사소통이 잘 이루어지지 않았다고 볼 수 있다.

스캇의 감독에 대한 항명은 일찍이 예견된 상황이었다. SK의 성적은 하위권에 머물러 있다. 선수기용 불만, 납득하기 어려운 선수교체로 인한 패배, 위기 때 감독의 기지가 발휘되지 못해 쌓인 불신 등 여러 가지 요인들이 복합적으로 겹치며 감독의 권위에 금이 가기 시작했다.

선수란 동전의 양면과 같은 속성을 지니고 있다. 언제든지 자신들이 유리한 쪽으로 마음을 뒤집어 버릴 수 있는 것이다. 선수는 패배의 원인을 자신들에게 돌리기를 꺼려 한다. 지도자는 이 점을 항상 유의해서 팀을 이끌어가야 한다. 선수를 전적으로 믿어서는 안 된다.

코치가 선수들로부터 듣는 안 좋은 말들 중 대표적인 것은 "난 그런 방법으로는 할 수 없다"일 것이다. 이 말은 새로운 것을 시도하고 싶지 않다거나 스캇처럼 자신만의 방식대로 하고 싶다든가 또는 아예 하기 싫다는 뜻이다.

이런 경우에는 충분한 의사소통을 통해 선수를 납득시킨 후 스케줄을 전달해야만 한다. 일련의 의사소통이 여과되는 과정 없이 일방적인 지시에 의해 이뤄진다면 필히 문제가 일어나게 된다.

선수들이 코칭을 거부하는 이유는 여러 가지가 있다. 선수들이 코치를 믿지 않아서, 코치가 원하는 훈련이 맘에 들지 않아서, 의사소통이 원활하지 않아서, 일방통행식의 지도를 받아서 등이다.

팀에서 제일 투덜대고 코칭에 불평을 늘어놓는 선수는 틀림없이 연습을 가장 게을리하는 선수이다. 훈련 때 선수들에게 힘이 들도록 시키면 불평은 나오지 않게 돼 있다. 오히려 참여의식을 갖고 훈련에 매진한다. 필자가 경험한 바로는 코치든 선수든 열심히 하지 않는 자가 꼭 뒤에서 불평을 늘어놓는다.

그러므로 평소에 불평, 불만하는 선수들을 잘 관리해야 한다. 선수들이 무엇을 생각하는지 주의 깊게 살펴보고 문제가 있으면 초기에 대화를 통해 바로 잡아나가야만 한다. 이렇게 해야 심각한 상황을 미연에 방지할 수 있다.

인간은 유일하게 말을 하는 동물이다. 선수가 말을 하게 해야한다. 말을 못 하면 죽으라는 것과 마찬가지다. 이번 스캇의 항명을 통해 소통의 중요성을 다시 한 번 느끼게 됐다.

2014년 7월 23일, 〈스포츠Q〉

다양성 있는 정신력이 필요하다

아시안 게임이 2014년 9월 19일부터 인천에서 시작되었다. 각 방송사는 중계방송을 시작했고, 또 그날의 영웅에게 인터뷰를 한다. 그리고 스포츠에서는 체력이 중요하다는 이야기가 쏟아져 나오고 있다.

운동에서 신체적인 힘이나 기능이 중요하다는 것은 누구나가 인정할 것이다. 그래서 스포츠 해설은 신체의 능력을 사용하는 방법이나 그 교묘함 등에 대한 설명을 하는 것이라 생각하고 있었는데 의외로 '정신력'이란 말이 자주 나온다.

마치 정신력만 있으면 스포츠에서 이길 수 있다는 생각이 들 정도로 감독이나 선수에게 인터뷰하는 리포터는 어떻게든 정신력에 관해서 묻고 싶어 한다. 그래서 '정신력을 기르기 위해서 어떤 훈련을 했는가?'라는 질문은 빼놓지 않는다. 괴로운 연습 과정을 견디고 정신력을 단련했기 때문에 결국은 승리를 거둘 수 있었다는 방향으로 의도적으로 이야기를 끌고 가는 때도 있다.

스포츠에서 참아내는 정신력을 기대하는 것은 '아무래도 우리가 인내심을 좋아하기 때문이 아닐까' 하는 생각이 든다. 우리는 일반적으로 승리를 얻기 위해서는 인내와 괴로움이 없으면 안 되는 것으로 믿고 있다.

그런데 과연 인간의 정신이란 것이 참는 일에만 이용될 정도로 빈약한 것일까? 우리가 잘 알다시피 인간의 정신력은 원래 풍부한 것이다. 예를 들어 스포츠에서 정신력이라고 한다면, '이젠 틀렸구나' 하는 순간 새로운 공격 수단을 생각해 낸다든가, 상대에 따라 방법을 바꾼다든가 하는 등 여러 가지가 있을 것이다.

우리는 단순한 플레이를 하는 선수에게 상상력이 부족하다는 말을 자주 하는데, 상상력이야말로 인간의 정신 그 자체라고 할 수 있다. 인내심만이 정신력이라고 생각한다면 상상력이라는 풍부한 정신 기능을 배제한 것이 아닐까 고려해 볼 필요가 있다.

정신력의 문제는 스포츠뿐만 아니라 인생 전반에서도 다루어질 수 있다. 회사 같은 조직에서 정신력을 강조하는 상사는 부하에게 참는 일만을 강요하는 경우가 많다. 부하를 단련시킬 때, 그의 사고방식을 풍부하게 한다든가 자유스러운 행동을 익히게 하는 것이 아니라, 불가능한 것을 요구하거나 오랜 시간이 걸리는 일을 하도록 해서 견디는 것을 배우게 하려 한다.

그러나 이미 언급한 바와 같이 그런 방법이야말로 본래의 의미에 있어서 정신의 기능을 약화시키고 인간을 몰개성적으로 만드는 일일 것이다. 이런 것은 조금만 생각해도 알 수 있는 일인데, 그런데도 '인내력은 곧 정신력'이라는 도식이 여간해서 없어지지 않는 것은 어째서일까?

우선, 첫째로 그것은 면죄부로 사용되기 쉽기 때문이다. 우리는 이 정도의 괴로움을 참고 견디어 왔다고 핑계를 삼고 이렇게 최선을 다했다는 말로 스스로 만족과 합리화를 꾀한다. 특히 지도자가 이런 생각을 가진 경우 윗사람의 눈치를 보며, 선수들은 어떻게 되든 안중에 없다.

둘째, 참는 것에만 중점을 둘 경우, 그것은 지도자에게 유리하기 때문이다. 지도자는 단련시키는 쪽에 서서 오로지 선수가 참도록 훈련시키기만 하면 된다. 하지만 그 방법은 집단의 통솔을 용이하게 해서 단결은 잘 될지 모르지만, 선수의 개성을 망가뜨려 새로운 상황에 대처하거나 독창적인 타개책을 내는 일에는 뒤떨어지게 한다.

우리 야구계에서도 1970년대부터 1990년대까지 이런 유형의 지도자가 대부분이었다. 이제는 많이 개선이 되었지만 아직도 그런 유형의 지도자가 있다. 1980년대 프로야구단에서 정신력을 기른다고 해병대 위탁교육, 산악 훈련, 영하 15도 얼음물 속에 들어가기 등 여러 가지 웃지 못할 일들이 있었다. 이런 것을 통하여 정신력이 길러진다고 믿었기 때문이다.

이런 훈련을 한 팀이 과연 정신력이 길러져 우승을 했을까? '아니오'이다. '견뎌내는 정신력'이라는 한 가지 방법만으로 획일화시키면 개성이 없는 무미건조한 선수로 길들여져 자칫 창의성 없는 수동적인 팀이 되어 버릴 수 있다. 지난날 '정신력 훈련'의 강도만큼 좋은 결과가 나오지 않았던 이유다.

이렇듯 단순히 스포츠뿐 아니라 인간의 생활 방식에서, 우리는 이제 참아내는 정신력이라는 한 가지 방식만을 고집하기보다는 리더들이 먼저 새롭고 다양한 정신력을 기를 필요가 있을 것이다.

2014년 9월 23일, 〈스포츠Q〉

승부사는 '근성'이다

2014 인천아시안게임 야구는 지난 28일 한국이 대만을 힘겹게 6-3으로 꺾고 금메달을 따면서 막을 내렸다.

이번 한국 대표팀은 선수선발 과정에서부터 말이 너무 많았던 대회였다. 각 팀마다 병역 혜택을 받아야 할 선수들이 많았기 때문에 여러 좋지 않은 말들이 풍성했다. 그러나 결과가 금메달 획득으로 귀결되어서 그동안 있었던 모든 잡음은 사라졌다. 선발이라는 것은 원래 어느 대회를 막론하고 말썽이 있게 마련이다.

경기방식은 조별리그를 통해 각조 1, 2위 팀들이 크로스로 싸우는 형식이었다. 그리고 준결승 토너먼트를 통해 승자를 가리는 방식이었다. 우리가 대만과의 예선에서는 쉽게 이겼지만 결승에서 7회까지 질질 끌려다니며 패배 일보 직전에서 기사회생하는 정말로 힘든 싸움이었다.

객관적인 전력에서는 우리가 앞선다고 봤지만 두 번의 싸움의 과정을 보면서 단기대회에서는 여러 변수가 도사리고 있으며 전력만으로 우열을 판가름한다는 것이 얼마나 어렵고 부정확한지를 잘 보여준 경기였다.

장기 레이스 같으면 수십 차례 맞붙어 싸워 보아서 상대방의 장, 단점을 파악해 싸울 수 있는 상황이므로 불안감 없이 경기를 할 수 있다. 그러나 WBC, 아시안게임과 같은 경기는 상대의 전력을 정확히 파악하기가 쉽지 않기 때문에 승패를 예측하기 어렵다. 이번 결승전에서 대만한테 고전한 원인이 바로 상대방의 전력에 대한 데이터가 빈약하였기 때문이다.

주관적인 전력만 놓고 비교하는 것은 부정확할 뿐더러 정확도가 매우 낮다. 상대의 전력을 잘 모르는 상태에서 경기를 해야 하기에 굉장히 불안하고 어렵게 경기를 치르게 된다. 이런 점 때문에 자주 이변이 일어난다. 특히 단판승부의 위험성이 도사리고 있으므로 매우 힘든 경기를 할 수밖에 없다. 팬들 입장에서는 여러 이야기를 할 수 있을 것이다. 그러나 야구란 것이 그리 녹록한 스포츠는 아니라는 것이다.

한국과 대만 전에서 7회까지 2-3으로 끌려가는 모습을 보며 '끝났다'고 아우성을 친 팬들도 적지 않았다. 그러나 야구는 볼 하나로 인해 다 이긴 경기가 뒤집어지는 경우를 자주 볼 수 있다. 드디어 8회에서 한국 팀은 끈질긴 정신력을 발휘하여 역전에 성공했다.

그러나 야구는 볼 하나로 인해 다 이긴 경기가 뒤집어지는 경우를 자주 볼 수 있다. 드디어 8회에서 한국 팀은 끈질긴 정신력을 발휘하여 역전에 성공했다.

안지만이 7회 말을 무실점으로 틀어막자 타선은 8회초 4득점으로 화답했다. 8회말에도 마운드에 오른 안지만은 탈삼진 2개를 덧붙여 8회를 마쳤다. 이날 안지만의 기록은 2이닝 3탈삼진 무실점. 7회 무사 1·3루 절체절명의 순간에 등판해 위기를 일축했다. 그리고 포효했다. 소속팀 삼성의 든든한 대들보인 안지만은 대표팀 불펜에서도 여전히 믿음직한 투수였다.

경기 후 안지만은 "팀에서도 중간에서 최대한 점수를 안 줘야 하는 게 내 임무다. 대표팀도 마찬가지다. 무조건 점수 안 줘야겠다는 생각을 많이 했다"고 말했다.

소속팀 감독이자 대표팀 스승인 류중일 감독도 "거듭 말하지만 안지만 덕분에 이겼다"고 칭찬을 아끼지 않았다. 사실 안지만은 13명의 미필 선수뿐만 아니라 류 감독도 구했다. 웃으며 "오늘 만약 졌으면 인천 앞바다 갈 뻔했다"고 전한 류 감독도 사령탑의 짐을 털어낼 수 있었다.

우리보다 야구 역사가 깊은 미국에서는 많은 사람들이 승부사라고 하면 '콧구멍에서 불꽃이 뿜어져 나오는, 마치 불을 뿜는 용과 같은 투수'를 연상하는 것 같다. 그리고 '킬러의 본능'이라는 말로 그런 사람을 묘사하곤 한다.

대만 전에서 이런 승부사의 기질을 유감없이 발휘한 투수는 안지만이었다. 2-3으로 뒤진 7회 무사 1·3루 위기에서 구원등판해 실점 없이 틀어막아 역전의 발판을 마련했다. 위기에도 흔들리지 않는 승부사의 기질을 십분 발휘하여 두둑한 배짱으로 위기를 넘긴 것이다.

안지만, 봉중근, 강정호, 나성범, 황재균 같은 뛰어난 승부사들은 필요할 때 나타나 경기를 뒤집어 역전시킨다. 승부사는 근성이다.

2014년 9월 30일, 〈스포츠Q〉

야구 해설자 춘추전국 시대에
명심해야 할 것들

요즈음 프로야구는 일부이긴 하지만 저질 편파 해설 문제로 시끄러워지고 있는 것 같다. 해설자들이 우후죽순처럼 생겨나다 보니 나타나는 현상으로 보인다.

해설이 하루아침에 좋아지리라고 보지 않는다. 왜냐하면, 방송 해설이라는 것이 생각만큼 만만치 않은 일로 여겨지기 때문이다. 야구와 관련된 식견은 물론 방송의 메커니즘도 알아야 하며, 그래서 오랜 연륜이 쌓여야 하는 문제라고 생각된다.

해설자가 갖춰야 할 덕목은 여러 가지가 있겠지만, 몇 가지 열거해 본다면 첫째, 야구 전반에 걸친 해박한 전문지식, 둘째, 플레이를 명료하게 압축하는 능력, 셋째, 적절하게 다양한 상황을 표현하는 어휘력, 넷째, 규칙에 대한 정확한 숙지와 설명 등을 꼽을 수 있을 것이다. 이런 것들은 해설자들이 기본적으로 갖춰야 할 조건이다.

해설을 코믹하게 하려고 하는 생각이라면 세심한 주의가 필요하다. 자칫 저질 해설로 흘러갈 가능성이 많기 때문이다. 군더더기 없는 순수하고 전문적인 해설을 팬들은 원할 것이며, 특히 특정 팀이나 감독, 선수를 치켜세우거나 깎아내리는 듯한 편파성 해설은 더욱 해서는 안 된다.

플레이 자체에 초점을 맞춰 분석적 차원에서 접근을 한다면 이런 문제는 생기지 않으리라고 본다. 전체 흐름과 각 부분의 핵심만 짚으며 물 흐르듯이 흘러가는 조언자적인 해설이 정말 좋은 해설이라고 생각한다.

해설자 나름대로 개성을 살리는 것은 바람직하지만, 그러나 본질을 벗어나는 것을 경계해야 한다. 말장난이 아닌 경기 자체에 포커스를 맞춰 풀어나가야 양질의 해설이 될 것으로 본다.

2015년 KBO리그는 신생팀 kt가 합류하면서 하루에 5개 채널에서 경쟁적으로 중계하고 있다. 이러다 보니 종전보다 많은 해설자들이 필요해졌고 갓 은퇴한 선수 출신이 대거 투입되는 현상이 생겼다.

해설자들은 선수 출신의 새로운 얼굴, 지도자로 경험이 있는 인물, 수십 년 동안 해설을 해온 베테랑 등 세 그룹으로 나눌 수 있다. 신진 그룹이 기존 그룹에 맹렬하게 도전하면서 춘추전국 시대를 방불케 하는 치열한 싸움이 벌어지는 형국이다.

이런 열띤 경쟁을 통해 해설자들의 수준은 올라갈 것이고, 금년이 지나면 생존자와 낙오자가 자연스럽게 생기게 되리라고 본다. 그동안 도태된 해설자들을 보면 매너리즘에 빠져 같은 레퍼토리를 되풀이하거나, 깊이 없이 개그식으로 말장난하다 사라진 경우가 많았다.

신진 그룹들의 강력한 대시에 기존 세력들은 바짝 경계와 긴장을 하고 있다. 신진들의 해설은 때가 묻지 않은 심플한 해설이 가장 큰 장점이다. 이런 강점을 계속 살려 나가야 하며 말의 기교에 대한 유혹을 물리쳐야만 한다. 양질의 해설을 지속해야 팬들로부터 거부감이 없는 해설자로 자리매김할 수 있을 것이다.

기존 해설자들은 매너리즘에 빠지지 말아야 한다. 안주하지 말고 끊임없이 공부해야 신진들의 추격에 덜미를 잡히지 않고 생존할 수 있을 것이다.

신인들은 자기의 존재감을 보여주기 위해 튀는 언사를 경계해야 한다. 해설은 개그가 아니라는 것을 알아야 한다. 해설의 왕도는 없겠지만 경기의 흐름과 맥을 짚는 날카로운 해설이 요구되는 현실이다. 당장 인기를 끌려는 욕심을 버려야 한다. 숲과 나무를 함께 보는 눈이 필요하다.

허구연 위원은 "방송을 우습게 생각하면 안 된다. 쉽게 생각하고 시작했다가 일주일만 하면 밑천이 드러나게 되어 있다. 한 달이 지나면 모든 것이 나온다. 단발성 이벤트는 상관없겠지만, 시즌을 치르는 것이 쉬운 일이 아니다"라며 해설자의 어려움을 설명했다. 단순히 자리에 앉아 경기를 보면서 말만 하면 되는 자리가 아니라는 뜻이다. 오랫동안 해설을 한 허구연 해설자의 이야기만 들어봐도 해설은 아주 어려운 영역이라고 생각된다.

팬들의 귀와 눈이 매처럼 무섭다는 것도 해설자들은 알아야 하겠다. 공부하는 것은 기본사항에 들어있는 것이며 다양한 방법으로 지식을 습득하는데 게을러서는 안 된다. 기왕에 해설자의 길

로 들어선 이상 팬들로부터 갈채를 받는 훌륭한 해설자들이 되길
간곡히 바란다.

2015년 4월 23일, 〈스포츠Q〉

추신수의 눈물겨운
슬럼프 회복 과정을 보며

2014 시즌, 추신수는 5월 한때 6할 타율을 몰아치기도 했지만 바닥을 모르고 곤두박질쳤다. 더 이상 떨어질 곳이 없어 보였다. 반등을 기대했던 7월은 상상을 초월했다. 20일까지 최근 15경기에서 타율 1할6푼4리, 출루율 2할8푼8리라는 최악의 성적을 냈다. 그 와중에 시즌 타율은 2할3푼6리, 출루율은 3할5푼4리까지 처졌다. 6월부터 본격적인 슬럼프가 찾아오게 된 것이다. 8월에 이르러 구단은 팀의 포스트시즌 진출의 희망이 보이지 않자, 추신수를 부상자 명단에 올리며 수술 준비에 들어가게 된다.

추신수는 왼쪽 팔꿈치와 발목 두 곳에서 오는 통증을 초인적인 정신력으로 버텨내며 팀을 위해 묵묵히 경기에 출장했지만 부상에서 오는 타격 밸런스를 극복하지 못했다. 타격이라는 것은 정상적인 신체에서도 때때로 슬럼프 현상이 오는데 부상을 가지고 좋은 컨디션을 바란다는 것은 애당초 무리다.

추신수는 2014년 8월 26일 시즌 도중에 팔꿈치 뼛조각 수술을 받기 위해 부상자 명단에 오르며 조기에 시즌을 끝내야 했으며 8

월 30일 왼쪽 팔꿈치 뼛조각 제거 수술을 받았다. 추신수는 4월 22일 오클랜드 어슬레틱스와의 원정 경기에서 1루 베이스를 밟던 도중 왼쪽 발목을 다쳤다. 이 부분도 정비하기 위해 왼쪽 발목 수술을 9월 18일 받았다. 두 번의 수술은 시차를 두고 성공적으로 이뤄졌다. 이리하여 신체에 나타난 뼛조각은 말끔히 정리됐다. 수술 후 재활 프로그램은 착실하게 진행됐다. 이런 일련의 어려운 과정을 거치며 2015년 시즌을 맞이했다.

하지만 부상으로 잃어버린 타격감은 좀처럼 살아나지 않았다. 부진의 늪은 깊어서 1할대 타율을 밑돌기까지 했고 '먹튀' 논란까지 점화됐다. 지난 시즌 부상을 꾹 참고 개인 성적을 버리면서까지 팀을 위해 희생했지만 부진의 터널은 길고 고단했다.

추신수는 5월 6일 휴스턴 미닛메이드 파크에서 열린 휴스턴 애스트로스와 메이저리그 경기에서 1번 타자 겸 우익수로 선발 출전하여 5타수 1안타(2루타) 1득점을 기록했다. 5월 1일부터 5월 5일까지 5경기 연속 2루타 행진을 하며 서서히 타격감각을 찾아가는 듯했다. 그럼에도 불구하고 5월10일까지 1할대 타율을 기록하고 있었다.

타율을 올리는 방법은 안타를 몰아치는 타법을 해야만 한다. 도무지 걷힐 것 같지 않던 검은 먹구름 사이로 밝은 빛이 보이기 시작한 것은 5월 10일부터였다. 2안타, 3안타씩 몰아치는 폭발력을 발휘하자 먹구름은 서서히 물러갔다. 드디어 2할대에 진입하면서 상승 곡선을 그리게 되었다.

추신수는 지난 24일 벌어진 뉴욕 양키스와 원정에서 홈런 한

방을 포함해 2안타를 휘두르며 시즌 처음으로 한 경기 4타점을 쓸어 담았다. 26일(한국시간) 현재 타율 0.237을 기록 중이다. 추신수의 흐름을 보더라도 타격은 매우 어려운 분야라고 볼 수 있다. 타격 슬럼프에 빠지면 어떠한 조언도 먹히지 않는 이상한 현상으로 흘러가게 된다.

슬럼프에는 백약이 무효가 된다. 어느 대타자도 슬럼프를 피할 수 없는 것이다. 중요한 것은 슬럼프를 어떤 식으로 빨리 극복하느냐의 문제일 따름이다. 슬럼프에 들어서면 머리가 복잡해지고 불안과 초조가 동시에 작용하며 자신감도 잃게 된다. 이러면서 타격 폼이 자신도 모르게 조금씩 어그러진다. 좋지 못한 현상들이 연합되어 극복하는데 매우 힘들며 시간도 많이 걸리게 된다.

역시 좋은 타자는 어떠한 방법으로든 슬럼프를 극복해 낸다는 점이다. 추신수도 훌륭한 타자임에 틀림없다는 사실을 슬럼프를 극복하는 모습에서 증명하고 있다. 기술적인 면과 정신적인 면에서 극복하는 모습에 뭉클함을 느끼게 된다.

추신수의 고난의 시절을 보면서 도종환 시인의 〈흔들리며 피는 꽃〉이라는 시가 생각난다.

흔들리지 않고 피는 꽃이 어디 있으랴
이 세상 그 어떤 아름다운 꽃들도
다 흔들리며 피었나니
흔들리면서 줄기를 곧게 세웠나니
흔들리지 않고 가는 사랑이 어디 있으랴

젖지 않고 피는 꽃이 어디 있으랴
이 세상 그 어떤 빛나는 꽃들도
다 젖으며 젖으며 피었나니
바람과 비에 젖으며 꽃잎 따뜻하게 피웠나니
젖지 않고 가는 삶이 어디 있으랴

그렇다, 흔들리지 않는 인생이 어디 있으며, 흔들리지 않는 야구가 어디 있으랴, 흔들리지 않는 타격이 어디 있는가.

추신수는 1년여 기간의 슬럼프를 겪으면서 심히 흔들렸을 텐데 내색하지 않으며 꼿꼿이 자신의 길을 걸어왔다. 참 대단한 정신력이라고 생각된다. 선수 생명의 극단적인 갈림길에 놓일 뻔했다. 이런 와중에 추신수를 아끼는 국내 팬들은 한국에 오기를 바라는 경우도 늘어났다.

이런 무서운 부진의 가장 큰 이유는 무엇일까, 천문학적 고액 연봉과 부상에서 오는 심리적 압박감일 것이다. 다행히 추신수는 이 모든 어두운 그림자들을 뒤로 물리고 경쾌한 행보를 하고 있다. 힘든 고난들은 미래를 향해 나아가는 주춧돌로 삼아야 한다. 이제부터는 추신수 선수의 새로운 행보를 응원하며 가벼운 마음으로 지켜보기로 하자.

2015년 5월 26일, 〈스포츠Q〉

야구를 즐기는
몇 가지 관전 포인트

10구단 체제 원년인 2015시즌 KBO리그도 반환짐을 향해 잰걸음을 내딛고 있다. 14일 현재 팀별 최다 64경기, 최소 59경기를 소화했다. 페넌트레이스 144경기 일정 중 40%를 끝냈다.

6월 KBO리그는 막내구단인 kt가 초반의 우려와 달리 젊은 에너지를 발산하고 있고 김성근 감독이 이끄는 한화가 한껏 승률을 끌어올리는 등 흥미로운 요소들이 증가했다. 이럴 때 몇 가지 포인트만 눈여겨 보면 훨씬 더 즐겁게 야구를 즐길 수 있다. 여러 측면에서 관전 포인트를 짚어 봤다.

강력한 투수진의 구성이 우승의 관건

피칭은 야구의 75%를 차지한다고 한다. 생각하기에 따라서 그 수치는 70%도, 90%도 될 수 있고 더 높은 숫자도 될 수 있다고 『야구란 무엇인가』의 저자 레너드 코페드는 이야기하고 있다.

알다시피 투수가 강한 팀의 승리 가능성이 크고 투수진이 강한 팀의 우승 확률이 높다. 아무리 장타력을 갖춘 선수가 즐비하더라도 투수진이 허약하면 별 도리 없이 상위권에 진입하기는 어렵게 된다. 투수는 자신이 가진 능력을 총동원하여 타자가 강하게 때리지 못하게 처리해 놓는 것이 주된 임무다. 투수의 생명은 타자에게 타이밍을 뺏는 것이다.

해태 타이거즈의 9차례 우승에는 걸출한 투수진이 버티고 있었고, 거기에 막강 타력의 뒷받침이 있었기에 가능했다. 이 두 가지가 조화를 이루어야만 최강 팀으로 군림하게 된다. 해태는 선동열을 필두로, 이상윤, 김정수, 이강철, 조계현, 김상진, 문희수 등의 강력한 투수진이 마운드를 이끌었고, 김준환, 김성한, 김봉연, 이순철, 김종모, 장채근, 이종범 등 특출한 선수들로 구성된 타선이 공격을 주도했다. 투수와 타자의 조화를 앞세워 해태 왕국을 꾸려갈 수 있었다.

팽팽한 영의 행진이 이어지는 경기는 득점 없이 투수전으로 전개되어 지루하게만 느껴질 수 있을 듯하지만 실제로는 그렇지 않다. 왜냐하면 야구팬들은 투수들이 절묘한 투구로 타자를 압도하는 모습을 보면서 감탄하게 된다. 타자와의 두뇌 싸움의 수는 엄청나게 많다. 특히 투수와 타자들이 벌이는 머리 싸움과 심리전은 전쟁터를 방불케 할 만큼 복잡하다.

야구의 꽃이라 불리는 3점포의 매력

우리가 보편적으로 야구의 묘미라 하면 호쾌한 타격을 이야기하게 된다. 특히 홈런 한 방으로 경기를 순식간에 역전시킬 수 있으며 경기를 끝내는 경우가 종종 있다.

이래서 모두들 호쾌한 타격에 초점을 맞춰 관전하며 이런 호쾌함 때문에 열광하게 된다. 특히 홈런 중에서도 '3점포'는 경기의 성패를 좌우하는 쐐기 요인으로 작용하는 경우가 많다. 17년간 볼티모어 오리올스 사령탑을 맡았던 얼 위버 감독은 '투구', '수비'와 함께 '3점 홈런'을 승리의 3대 요소로 꼽았다. '만루포'는 자주 터지면 좋겠지만 확률적으로 드물고 행운의 속성이 강하다. 이런 면에서 현실성과 위력을 겸비한 '3점포'는 '꽃 중의 꽃'이라고 할 수 있다.

2점을 뒤지다가 3점포 한 방을 날려 단번에 뒤집는 경기는 정말 무어라 표현할 수 없을 정도로 통쾌할 것이다. 또 형편없는 타격으로 일관하다가도 한 번의 호쾌한 타격으로 영웅이 되는 것이 타격이다.

이렇다고 야구의 묘미를 꼭 타격에 국한할 필요는 없다고 본다. 야구를 즐기는 방법에는 여러 측면이 있을 수 있다. 타격은 믿을 수 없는 도깨비 같다고 한다. 타격을 믿다간 큰 낭패를 보게 된다.

환상적인 더블 플레이와 펜스 플레이의 미학

호수비가 주는 즐거움도 빼놓을 수 없다. 위기 때 환상적인 플레이를 연출하여 위기를 벗어나게 하거나, 스피드하게 더블 플레이를 펼치는 모습들은 아름다움의 극치라 할 수 있다.

수비는 타격이나 투구에 비해 상대적으로 저평가되고 낮게 인정받기 쉬운 탤런트이다. 팬들은 호수비를 수비수가 응당 펼쳐야 할 일쯤으로 치부해 버리기 쉽다. 그래서 별로 빛이 나지 않는 것이 수비다. 타율을 따지지 수비율은 별로 따지지 않는다.

팬들은 다이빙 캐치나 러닝 캐치를 보기 좋아하지만 수비의 진정한 요체는 '예상과 집중'이다. 훌륭한 수비수는 모든 플레이를 가장 쉽게 처리해 내는 선수라고 할 수 있다.

필자가 지금까지 한국 프로야구에서 가장 수비를 쉽게 한 선수를 꼽는다면 MBC 청룡 시절의 김재박 선수라고 평가하고 싶다. 김재박 유격수는 필자와 MBC 청룡 때 2년을 함께 하면서 많은 경기를 지켜봤지만 아무리 어려운 상황일지라도 쉽게 처리하던 모습이 지금도 눈에 선하다. 수준 높은 수비는 팀의 승리는 물론이거니와 관중들에게도 즐거움을 주게 된다.

홈런성 타구를 펜스 플레이로 걷어낸다던가 안타가 되는 것을 기막힌 다이빙 플레이로 잡아내는 것들은 관중들을 흥분하게 한다. 그러나 이런 화려한 면의 뒤편에는 수비의 어려움이 도사리고 있다. 10번 잘 하다가 한 번 실수하여 경기를 놓친다면 역적이 되는 것이 수비다.

9회말 1점 리드 상황 2사 만루에서 내야 수비수들은 '타구야! 제발 내게 오지 마라'며 가슴 졸이는 것도 사실이다. 압박감에서 오는 수비수들의 마음이다.

베이스러닝은 두뇌와 발의 합작품

주루는 두뇌와 발의 합작품이라고도 한다. 투수와 주자간의 두뇌 싸움도 흥미로운 장면이다. 베이스러닝은 슬럼프 없이 일정하게 나타나는 것이다. 위대한 주자는 선천적으로 타고 나지만 후천적인 노력으로 그 잠재력을 만개시켜야 한다. 이 두 가지가 합쳐질 때 뛰어난 주자가 되는 것이다.

이런 점에서 어느 하나 소홀히 할 수 없다. 그래서 야구는 종합예술이라고 한다.

주루 플레이는 너무나 중요하다. 주루 선상에서 25% 정도의 객사를 줄인다면 하위팀이 상위팀으로 올라 갈 수 있다는 통계도 있다. 그 만큼 주루 플레이의 중요성이 강조되고 있다.

우리 프로야구가 여러 부문에서 괄목할 만큼 발전을 했지만 가장 취약한 분야가 주루 플레이라고 주장하고 싶다. 주루 플레이 하나 잘못하여 승리를 날리는 경우와, 경기를 뒤집을 수 있는 상황에 주루 플레이를 잘못하여 찬물을 끼얹는 경우를 가끔 본다. 순간 판단이 빠르고 자로 잰 듯이 정확해야 뛰어난 주루 플레이를 완성할 수 있다.

손의 기예인 수비력은 우승의 밑거름

팀이 우승하려면 수비가 강해야 한다. 수비가 약한 팀 치고 우승하는 예는 거의 없다고 본다. 삼성의 4번의 우승 중에 팀 수비력 1위가 2번 있었으며 2위가 한 번 있었다.

우승의 뒷받침에는 수비력이 필수이다. 승리투수가 되기 위해서는 좋은 투구로 타자를 압도하는 피칭이 선결돼야 하지만 투수 자신의 수비력도 뒷받침돼야 한다.

투수가 수비력이 좋으면 1년에 3~4승은 더 올릴 수 있다고 야구인들은 이야기한다. 투수들이 훈련해야 할 수비의 종류에는 보통 18가지 정도를 꼽는다. 투수수비훈련(Pitcher's Fielding Practice)에 많은 시간을 할애하여 자동화시켜야 한다. 특히 번트시프트에 강해야 실점을 줄일 수 있다.

중계 플레이가 만드는 스릴 만점 홈 승부

7,8,9회 때 원활한 중계 플레이 여부가 승리에 결정적인 영향을 미치는 경우를 종종 본다.

지난 7일 이글스파크에서 열린 kt와 한화의 경기도 그런 한 예였다. 3-4로 리드 당하던 한화는 9회말 2사 1루 상황에서 허도환의 좌전 안타 때 1루 주자 정근우가 홈까지 쇄도하다 아웃되어 절호의 기회를 놓치면서 패하고 말았다.

1루 주자가 3루에서 멈췄다면 경기는 어떤 결과를 초래했을지 모를 일이다. 김성근 감독은 9일 대구 삼성전에 앞서 기자들에게 이 대목의 아쉬움 때문에 잠을 한숨도 못 잤다고 실토할 정도였다. 베이스러닝의 중요함을 단적으로 표현한 것이다.

스퀴즈 플레이는 위험한 작전이지만 중요하다

야구에서 스퀴즈 플레이는 가장 위험한 작전이지만 가장 극적인 작전이기도 하다. 그건 바로 작전을 펼치는 바로 그 순간, 그자리에서 경기의 승패를 갈라놓을 수도 있기 때문이다.

스퀴즈 플레이는 한 시즌에 몇 번 사용하지 않는다. 상대 수비의 허를 찔러야 한다. 그만큼 이 작전은 모든 것이 자로 잰 듯 정확히 이루어져야 한다. 스퀴즈 플레이에 대한 예비된 수비 방법은 딱히 없다. 평소 수비 훈련 동작이 반사적으로 이뤄져야 한다. 실책에 대한 여분 따위는 없다.

사라져가는 히트 앤드 런 작전

히트 앤드 런의 저해 요인은 두 가지가 있다. 첫째, 타자의 안타 칠 요소를 극도로 제약한다. 둘째, 30% 정도밖에 되지 않는 성공률을 극복하고 성공시켜야 하며, 땅볼에 의해 주자를 앞으로 밀어 보내는 대가로 소중한 아웃 카운트를 하나 먹게 되기 십상이다.

히트 앤드 런은 실효성이 떨어지는 오래된 미신적 샘플이다. 낡은 유행의 작전이 고착화된 형태라고 할 수 있다. 현대 야구에 와서 이런 낡은 히트 앤드 런은 점점 사라져 가고 있다. 허나 골동품처럼 여겨지던 작전도 가끔은 경기의 성패를 결정짓는 키포인트가 되기도 한다.

지금까지 몇 가지 측면에서 야구의 관전 포인트를 살펴봤다. 이러한 요소들을 들여다보면서 야구를 관전하면 묘미는 배가될 것이다. 어느 하나 버릴 수 없는 귀중한 것들이다. 야구는 찬찬히 따져볼수록 재미있고 구경거리가 많은 스포츠다. 야구가 여전히 '패스타임 스포츠'로 각광받는 이유가 아닐까.

2015년 6월 15일, 〈스포츠Q〉

고도의 집중력과 야구

야구의 테크닉 부문에서는 여러 이론이 있을 수 있다. 특히 타격에는 기본적으로 해야 할 몇 가지는 있지만 그 외에 많은 이론이 존재한다. 그래서 만고불변의 진리인 타격이론은 존재하지 않는다고 한다.

투수들에게도 마찬가지이다. 투수는 갖춰야 할 기본적인 것은 있다. 하지만 어느 누구에게나 획일적으로 적용해서는 안 되는 폼이 있다. 사람마다 생김새가 다르듯이 투수들 폼은 제각각이다. 피칭에 있어서 제일 중요한 것은 컨트롤이다. 빈약한 컨트롤로 승리를 거두겠다는 생각은 꿈과 같다.

야구에는 이 같은 기술적인 면 이외에 행동규범이 존재한다. 그라운드에서 해서는 안 될 룰과 행동이 있다. 이런 규범은 선택권이 있는 것이 아니다. 경기 중 거친 행동으로 말미암아 팀 분위기가 어수선해서는 상대방을 이길 수 없다. 특히 팀원 서로가 존중하며 협동심을 발휘해야 응집력이 생기게 되어 강한 팀으로 자리매김하게 된다. 특히 경기 중 튀는 행동으로 동료들과 팬들의 눈살을 찌푸리게 해서는 안 된다. 필자는 오랫동안 선수들과 함께 생활했는데 가끔 돌출 행동으로 말미암아 팀 운영을 어렵게 만드는 선수를 만날 때 아주 힘들었다.

야구 룰은 규칙집에 나와 있는 게 전부가 아니다. 그라운드에서 해서는 안 되는 십계명도 있고 야구 팬들이라면 익히 잘 아는 불문율도 있다. 이런 것들은 전통이 긴 메이저리그에서 오랜 시간 경험하면서 자연스럽게 형성된 것들이다.

우리는 야구 역사가 짧기 때문에 외국의 사례를 참고하여 룰을 도입하게 된다. 십계명 중에 하나를 소개하면 "공의 뒤를 느릿느릿 쫓는 선수는 결코 야구선수가 될 수 없다"는 것이 있다. 이런 플레이를 하면 내규에 따라 벌금을 물리는 팀도 있다.

'야구가 정신(멘탈)의 경기'라는 것은 삼척동자도 아는 말이다. 멘탈은 심리학에서 나온 것으로 대단히 중요하다. 더군다나 투수는 멘탈이 강해야 한다. 홀로 마운드에서 외롭게 투쟁을 하면서 경기를 해야 하기 때문이다.

지도자는 수많은 원칙을 알아 둬야 한다. 그래야만 필요할 때 적절하게 사용하게 된다. 심리학도 알아야 한다. 문제 있는 선수들을 통솔할 때 효과적으로 대처하게 된다.

팬들의 입장에서 볼 때 경기 중에 나오는 선수의 돌출행동이 때로는 재미있는 광경이 될지 모르지만 팀 내부에서는 해서는 안 되는 일들이다. 팀 전체가 응집력을 발휘해야 하며 개개인이 집중력으로 상대방을 공격해 승리해야 하는 긴장된 순간에, 오히려 그러한 돌출행동은 팀 전체의 집중력을 약화시켜 패배로 가게 만드는 지름길이 될 수 있다.

선발투수가 대량 실점을 하고 5회 미만에 퀄리티 스타트를 하지 못하고 강판되어 벤치로 들어오는 선수에게 "잘 했다, 괜찮아" 하는 언행을 하는 경우가 있지만 이것은 잘못된 행동이다. 왜냐하면 잘못한 선수에 상을 주는 것으로 다음에도 잘못하라는 신호가 되는 것이기 때문이다.

이런 경우에는 아무 말도 하지 말아야 한다. 강판되어 들어온 투수는 그 이닝이 끝날 때까지 잘못된 부분에 대해 생각을 하며 성리하게끔 내버려둬야 한다. 이닝이 종료된 다음 트레이너 실에 가서 아이스(얼음붕대)를 해야 한다. 이런 원칙들이 잘 지켜져야 팀워크가 흔들림 없이 유지되며 모든 선수들이 잡념 없이 경기에 집중하게 되는 것이다.

'인간의 행동은 고쳐질 수 있는가' 라고 H.R 비춰는 말했다. 행동 수정에는 상벌로 고칠 수 있다는 학설이 있다. 예를 들면 홈런을 치고 들어오는 선수에게 하이파이브, 악수, 말로 축하하는 것들은 상이 되어 그 선수가 다음에도 잘 하게 되는 것이다.

벌도 필요하다. 잘못한 행동이 나오면 내규에 따라 벌금을 매겨 그런 행동이 나오지 않도록 해야 한다. 경기 중에 선수가 자기에게 화가 나서 글러브를 던지는 행위, 헬멧을 던지는 행위를 우리는 TV를 통해 자주 접하게 되지만 이런 행동들은 선수 개인의 경기력은 물론 팀원들에게도 하등의 도움이 되지 않는다. 오히려 공포심, 불쾌감만 주게 되어 전혀 이득이 없다. "메이저리그에서는 용납하는데 우리는 왜 그러느냐"고 무조건적으로 받아들이려는 경향이 있는데 이것은 잘못된 인식이다. 메이저리그에서 벌어지는 일이라고 모든 것이 정답이 될 수는 없다.

한국에는 우리의 고유문화가 형성돼 있다. 외국인 선수들이 초기에 한국문화를 이해하지 못해 트러블이 심했었다. 그러나 요즈음에는 그들도 한국문화에 적응하려는 면이 보이고 있다. 다행스러운 일이다. 점점 한국 프로야구도 테크닉, 멘탈 부문에서 발전하면서 외국인 선수들도 예전처럼 한국 프로야구를 얕잡아 보지 못하는 단계에 온 것 같다.

2015년 8월 28일, 〈스포츠Q〉

류중일 감독이 견인한
삼성의 정규리그 5연패를 보며

    삼싱 라이온즈가 정규리그 5연패의 위입을 달성하며 2015시즌 KBO리그도 마무리에 접어들고 있다. 1군 3년차인 NC 다이노스가 당초 예상을 깨고 2위에 올랐고 두산이 3위, 넥센이 4위를 차지했으며 SK가 5위로 와일드카드 결정전에 진출했다. 한화와 KIA, 롯데, LG, kt는 가을야구에 참가할 수 없게 됐다.

    삼성의 정규리그 5연패를 이끈 류중일 감독은 처음 사령탑에 오른 2011시즌부터 단 한 번도 정상에서 물러나지 않았다. 류 감독의 어떤 강점이 삼성의 고공행진을 부른 것일까.

    류중일 감독은 늘 겸손이 몸에 밴 리더이기도 하고 예리한 상황 판단 능력과 결단력, 공을 홀로 차지하려 하지 않는 통솔력을 갖춘 장수다. 다양한 리더십을 갖춘 장수로 선수들로 하여금 불만을 품게 하지 않는 덕장의 리더십을 가지고 있다.

    이렇게 탁월한 덕목을 갖춘 장수는 그 누구도 넘볼 수 없는 리더십을 만들어냈다. 물 흐르듯이 흘러가는 통솔 방법으로 부작용을 최소화하는 위기관리 능력이 류 감독의 강점이다. 그가 지휘하는 삼성은 정규리그 마지막 2경기를 남겨 놓기까지 NC와 치열한 선두 다툼을 벌였지만 지난 3일 목동 넥센전을 1-0으로 이겼고 같은 날 NC가 문학에서 SK에 3-4로 패함으로써 정규리그 우승을 확정 짓게 됐다.

먼저 삼성의 정규리그 우승의 적잖은 비중을 차지한 마운드를 살펴보자. 올 시즌 삼성의 선발진은 철옹성과 같았다. 릭 밴덴헐크가 일본으로 떠났지만 그 자리를 나머지 투수들이 메워줬다. 윤성환이 17승을 올리며 성공적인 FA(자유계약선수) 첫해를 보낸 가운데, 차우찬이 13승, 알프레도 피가로가 13승, 타일러 클로이드가 11승을 올렸다. 장원삼도 5일 정규리그 마지막 등판에서 10승을 달성, 5선발 모두가 두 자릿수 승리를 챙기는 막강함을 과시했다.

마무리 투수 임창용은 지난해보다 한층 안정된 투구를 펼치며 33세이브를 수확, 제 몫을 다했고 한 시즌 최다 홀드에 빛나는 안지만(37홀드)은 징검다리 역할을 훌륭히 수행하며 팀이 승리하는 데 결정적인 역할을 했다.

마운드뿐만 아니라 타선도 막강했다. 상·하위 타선을 가리지 않고 불방망이를 과시했다. 48홈런을 때려낸 야마이코 나바로를 비롯해 최형우(33홈런), 박석민(26홈런), 이승엽(26홈런) 등은 팀을 언제든지 위기에서 구할 수 있는 일발 장타력을 갖추고 있다. 이들이 상대 투수에게 주는 압박감은 상상 이상이다. 여기에 장거리와 중거리, 단거리 타구를 어떤 상황에서든 생산할 수 있는 박한이의 타격은 팀에 활력소 역할을 했다.

다음으로 주루를 살펴보자. 60차례 베이스를 훔치며 리그 도루왕에 오른 박해민을 비롯해 김상수(26도루), 나바로(22도루), 구자욱(17도루), 박찬도(13도루) 등은 빠른 발로 무장된 기민함으로 상대를 흔들 수 있다.

이렇듯, 삼성은 마운드와 타선, 주루 등 다양한 장점이 시너지 효과를 일으켜 정규리그 5연패라는 전인미답의 고지를 밟을 수 있었다.

삼성과 끝까지 정규리그 1위 싸움을 펼친 NC의 경기력에도 박수를 보내지 않을 수 없다. NC는 창단 첫해인 2013년 7위, 지난해 3위, 올해 2위를 차지하며 해마다 진화하는 팀으로 거듭나고 있다. 특히 구단 프런트는 늘 진보하기 위해 국내외를 막론하고 좋은 점을 배우려 했는데, 이것이 1군 진입 3년만의 플레이오프 직행이라는 성과를 낳았다고 해도 과언이 아니다. 비록 순위표 맨 위를 차지하지는 못했지만 NC는 정규리그 2경기를 남겨놓은 상황까지 삼성을 끈질기게 따라붙는 저력을 발휘했다. 한국시리즈에 진출한다면 충분히 우승을 넘볼 수 있다는 판단이 선다.

NC의 투수력을 살펴보자. 10승 투수가 무려 네 명이다. 19승의 에릭 해커를 비롯해 11승을 올린 손민한, 10승을 거둔 이태양과 이재학이 있으며 임창민은 마무리 첫해에 31세이브를 챙겼다. 선발과 불펜이 환상의 앙상블을 이뤄 탄탄한 마운드를 구축할 수 있었다.

타선을 살펴보면 에릭 테임즈의 이름이 가장 눈에 띤다. 그는 타율 0.381에 47홈런 140타점 40도루로 타격 주요 지표에서 두

각을 나타냈다. 여기에 이호준, 나성범 등이 팀이 필요할 때 장타를 때렸고 컨택 능력이 빼어난 손시헌, 박민우, 이종욱, 김종호, 지석훈 등이 뒤를 잘 받쳐 든든한 면모를 보여줬다.

삼성, NC와 달리 가을야구 초대장을 받지 못한 팀들은 처절한 반성 하에 실패의 원인을 정확히 분석, 대수술을 해야 할 필요가 있다. 수술대에 오르기 전에 먼저 해야 할 것은 올바른 진단이다. 엉터리 진단으로 수술을 하게 된다면 말짱 도루묵이 되어 내년에도 똑같은 현상을 반복할 것이 자명하기 때문이다.

우선 하위 팀들은 프런트의 정비를 우선적으로 해야 할 필요가 있다. 그 다음 현장의 정비가 따라야 할 것이다. 둘째로, 철저한 분석에 의한 효율적인 마무리 연습이 따라야 한다. 다음으로는 기술적인 부분에 대한 철저한 보완 작업이 따라야 하고 마지막으로는 주루와 수비의 기본기를 철저하게 정비해야 한다.

야구를 진단하는 것은 그리 간단한 일이 아니다. 지난날 삼성이 오랜 시간 한국시리즈를 제패하지 못해 안간힘을 쏟은 적이 있다. 매년 되풀이되는 현상이지만 그룹에서 회계감사와 현장의 문제점, 그리고 우승하지 못한 이유 등을 감사하곤 했다. 그러나 늘 코칭스태프의 목을 날리는 것으로 결론이 내려졌다.

이런 시행착오 끝에 궁여지책으로 김응용 사단을 불러들여 전권을 부여하기에 이르렀고 김 감독은 2002년 첫 한국시리즈 우승(1985년 전후기 우승 제외)을 차지하며 우승의 물꼬를 트게 된다. 이를 계기로 삼성 프런트는 우승에 목말라 하던 조급함에서 벗어나 여유를 가지고 철저한 시스템을 갖추는데 힘을 쏟게 된다.

이런 바탕 위에 2011년 류중일 감독에게 지휘봉을 맡긴 삼성은 정규리그 5연패를 달성했고 통합우승까지 4승만을 남겨놓은 대위업을 이어가고 있다. 류 감독의 리더십이 빛을 발하고 있는 중이다. 언제 그 빛이 소멸될지는 아무도 예측할 수 없다.

5연패의 이면에는 구단의 뒷받침이 크게 작용하고 있다. 지난해 김인 사장은 경산볼파크에 BB 아크(Baseball Building Ark)를 만들어 과학적인 시스템에서 어린 선수들을 육성하게 했다. 이런 시스템이 작동해 선수의 부상으로 위기를 맞아도 BB 아크에서 준비된 자원들로 보충해 위기를 넘기게 된다.

야구 경기는 장기판과 같다. 선수들은 말과 같아서 장거리인 포(包)도 필요하며, 중거리인 상(象)도 필요하고 도루를 잘 하는 차(車)와 마(馬)도 반드시 필요하다. 그리고 번트를 잘 대는 졸(卒)도 필요하다. 궁을 지키는 사(士), 졸(卒)도 있어야 한다. 이런 것들이 팀을 구성할 때 고려해야 할 부분이다.

준비된 자가 승리하는 법이다. 이제 실패한 팀들의 프런트가 할 일은 정확한 진단과 처방을 내리는 것이다. 이것이 선행돼야만 팀이 새로운 면모로 탈바꿈할 수 있을 것이다. 자, 이제 팬들은 앞으로 벌어지는 상황을 지켜보기로 하자.

2015년 10월 6일, 〈스포츠Q〉

부상 선수 관리와
우승의 열매

부상은 어느 팀을 막론하고 나타나는 현상이다. 팀이 우승하려면 물론 좋은 선수들을 확보해야 하지만, 부상 선수 관리를 하는 것도 상당히 중요하다. 삼성은 박한이와 이승엽, 구자욱, 박석민 등이 크고 작은 부상에서 시달려 왔지만 백업 선수들이 그 공백을 메워줬기 때문에 고비를 넘기며 우승을 차지할 수 있었다.

메이저리그의 예를 들어보겠다. 뉴욕 양키스는 2006년 부상 선수들이 속출해 몸살을 앓고 있었다. 매일 마이너리그에서 세 명의 선수가 클럽하우스에 들어오는 현상이 벌어졌다고 한다. 자고 나면 세 명이 떠나고 다른 세 명이 들어오곤 하는 상황이 발생했다.

전투는 매일 벌어지고 있으며 부상자 때문에 넋 놓고 있을 수는 없는 노릇이다. 그해 양키스는 25명의 투수를 가동하는 물량작전이 필요했다. 이런 어려움을 극복하며 양키스는 아메리칸리그 디비전시리즈(ALDS)에 오르게 된다. 또 선발투수를 10명이나 가동할 수밖에 없었던 때도 있었다. 긴 전투를 하다 보면 부상자는 나오게 되며 후방의 교육사단에서 잘 준비된 예비병들이 대기하고 있어야 한다. 예비병들은 언제, 어떻게 투입될지 모르는 상황이지만 항상 전투 준비에 만전을 기하고 있어야 한다. 삼성은 이런 것들이 잘 준비돼 있었기 때문에 별 차질 없이 움직였고 우승이라는 달콤한 열매도 따 먹을 수 있었다.

강정호에게 부상 입힌
거친 슬라이딩을 보고

필자는 1984년 방송국에서 야구해설을 했다. 프로에서 야구를 한 경험이 없어 프로야구 중계를 한다는 것이 무척 힘들었다. 프로야구 역사가 짧아 데이터가 풍성하지 못했으며, 모든 면이 열악해 중계하기가 힘든 상황이었다. 그렇다고 거짓말만 할 수도 없는 노릇이었다.

지금은 어떠한가. 우리의 안방에서 메이저리그 야구중계를 매일 시청할 수 있는 환경이 만들어져 수준 높은 야구를 즐길 수 있게 됐다. 프로야구 초창기 때 생각을 하면 사뭇 격세지감을 느끼게 된다.

요즈음 며칠 동안 미국에서 날아오는 소식 중에 디비전시리즈에서 나타난 과격한 슬라이딩으로 인한 선수 부상 문제가 논쟁거리로 떠오르고 있다. 여기에 한국의 네티즌들까지도 가세해 뜨거운 입씨름을 하고 있다.

논쟁의 발단은 2루에서 발생한 과격한 슬라이딩에 대한 논쟁이다. 지난 9월 18일 강정호가 시카고 컵스 크리스 코글란의 슬라이딩으로 부상당한 이야기로부터 강정호의 부상으로 화가 난 재미교포들이 코글란에게 협박을 하는 이야기도 메뉴가 되고 있다.

지난 11일 LA 다저스와 뉴욕 메츠의 경기에서 다저스의 1루 주자인 체이스 어틀리가 더블 플레이를 방해하기 위한 터프한 슬라이딩으로 메츠 유격수 루벤 테하다에게 입힌 부상 이야기도 한 몫하고 있다. 뜨겁게 달궈진 논쟁거리는 술집의 맛 나는 안주 역할을 톡톡히 하고 있다.

야구는 미식축구, 농구보다 거칠지 않은 스포츠로 알고 있지만 사실 여러 측면에서 살펴보면 야구는 터프한 스포츠이다. 이번 두 번의 슬라이딩으로 인한 부상만 보더라도 그렇게 느껴질 것이다.

그러면 과연 슬라이딩을 규제해야 하는지, 분석해 보기로 하자. 일부 MLB 전문가들은 룰을 개정해 베이스 쪽으로만 슬라이딩을 하도록 해야 한다는 논리를 펴고 있다. 또 한편에서는 그럴 필요가 없으며 그렇게 규제를 하기 시작하면 허슬 플레이가 되지 않아 박진감 없이 얌전한 야구가 되어 흥미를 잃게 된다는 목소리가 나오고 있다. 와일드한 슬라이딩은 MLB에서 100년 넘게 큰 문제없이 내려오고 있는 룰이다. 베이스에서 좌, 우 1m까지는 주자의 슬라이딩 할 수 있는 영역으로 허용하는 룰이다.

필자는 수십 년 동안 학교에서, 프로야구에서 슬라이딩을 가르쳤고 더블 플레이를 할 수 있는 피봇 플레이도 가르친 사람으로서 고의가 아닌 범위 내에서 와일드한 슬라이딩은 허용돼야 한다고 본다.

보통 2루 앞 3m 정도에서 슬라이딩을 하면 2루에 도달하게 된다. 그러나 이것이 자로 잰 듯이 될 수 없으며 선수들마다 거리를 육안으로 판단하는 데서 오는 오차가 생긴다. 이런 와일드한 슬라이딩을 피할 수 있는 피봇 플레이(5종류)가 있다. 슬라이딩과 피봇 플레이에는 여러 복잡한 이론이 존재하기 때문에 간단하게 단면만 보고 룰을 개정한다면 또 다른 문제점이 나타날 가능성이 높다. 그러므로 규제는 신중히 검토해 처리해야 한다.

악습은 고쳐야 한다고 주장하는 분들도 있으며 '올드 스쿨 베이스볼(Old School Baseball)'이라고 하면서 개정해 선수들의 부상을 막아야 한다고 주장한다. 다들 일리가 있는 주장들이며 틀린 이야기는 아닐 것이다.

간단한 법이 가장 좋은 법이라고 생각한다. 문제가 있다고 법을 자꾸 만든다면 끝없이 법을 만들고 개정해야 할 것으로 생각된다. MLB의 룰 북은 원칙만 정리된 간단한 책으로, 효과적으로 적용할 수 있었다. 그러나 우리와 일본은 룰 북이 매우 두껍고 복잡해서 머리가 아플 지경이다. 원주, 주로 나누어져 복잡하게 쪼개어져 있다. 그래서 한국의 룰 북을 빗대어 육법전서보다 어렵다고 할 정도로 복잡하게 돼 있다.

야구인들 속어로 룰에 장사가 없다고들 한다. 그만큼 어려운 것이 야구 룰이라는 뜻이다. 룰로 밥 먹고 사는 직업인 심판들도 룰을 잘못 적용해 곤욕을 치르는 것을 때때로 볼 수 있다.

야구 룰은 복잡하고 야구의 이론과 테크닉도 매우 어렵다. 또 심리학, 멘탈 등 다양한 지식들까지 섭렵하지 않으면 야구의 깊은 맛을 이해할 수 없게 된다. 야구를 조심스럽게 접근해야 하는 이유들이다. 한국의 준플레이오프에서, 미국의 디비전시리즈에서 앞으로 무슨 문제로 우리들에게 이슈를 제공할지 기대해 보자.

2015년 10월 14일, 〈스포츠Q〉

합의판정 제도와 심판 자질,
개선점은 없나

합의판정은 그간 발생한 심판의 잦은 오심 때문에 KBO리그가 팬들의 요청으로 도입한 제도다. 이 제도가 시행된 건 지난해 7월 22일부터다. 합의판정 요청 대상은 홈런·파울, 외야타구의 파울·페어, 포스·태그 플레이의 아웃·세이프, 야수의 포구, 몸에 맞는 공 등 총 5가지로 돼 있다.

그렇다면 100년이 넘는 역사를 자랑하는 메이저리그는 어떨까. MLB는 감독이 심판에게 총 세 번의 챌린지를 요구할 수 있다. 단, 1회부터 6회까지는 한 번, 7회부터 경기가 끝날 때까지 두 번을 요청할 수 있다. 6회까지 챌린지를 하지 않았다고 해서 그것을 7회에 포함시킬 수는 없다(7회부터는 2번으로 고정). 감독의 챌린지가 정심으로 판정될 경우, 챌린지가 유지된다.

KBO리그는 감독으로부터 합의판정 요청이 들어오면 해당 심판과 심판팀장, 대기심판, 경기 운영위원이 모여 TV 화면에 잡힌 장면을 보면서 판독을 한다. 팀장이 합의판정의 대상이 될 때에는 차석과 함께 들어간다.

여기서 문제점이 발견된다. 네 명으로 구성될 때 의견이 엇갈릴 때가 생긴다면 어떻게 할 것인가. 세 명의 심판과 한 명의 경기 운영위원으로 구성된 현재 시스템으로는 효율적이지 않아 보인다. 애매한 판정이 나왔을 때 심판 세 명이 밀어붙일 경우, 숫자상으로 밀릴 수밖에 없다. 또, 심판팀장이 해당되는 경우에 팀장의 눈치를 보게 돼 팀장의 이야기를 따를 수밖에 없을 것이다. 실제로 그런 경우가 있었다고 전해진다.

이런 문제점을 개선하기 위해서는 챌린지 센터를 운영하는 문제를 검토해야 한다. 센터가 운영돼 합의판정 요청이 들어오면 밀실로 들어가지 않고 센터와 현장에서 직접 교류하는 MLB와 비슷한 시스템을 갖춰야 할 것으로 본다. 그래야만 객관성이 확보될 것이고 센터에서 정확하게 판독해 전달될 수 있을 것이다. 아울러 경기 시간을 단축하는 효과도 있을 것이다.

현재 방송국 중계 시스템을 밀실에서 활용하는 것과 센터를 두고 운영하는 것은 다르다. 센터를 운영하는 경우엔 판독 요원의 수와 거기에 드는 비용이 과제로 떠오를 수 있다. 필자가 생각하기로는 한 팀당 3명씩 두 팀으로 판독 인원을 확보하면 충분할 것으로 본다. 동시에 두 군데서 일어날 수 있기 때문에 두 팀을 운영하는 게 효율적이라는 생각이 든다. 비용은 3억 원 안팎이면 가능하리라 생각하며, 현재 밀실 운영은 1년 반을 해오고 있지만 여러 문제점이 나타나고 있는 비현실성을 외면해선 안 된다는 생각이다.

챌린지 센터를 운영한다면 가급적 내년부터 시행할 수 있도록 준비돼 있어야 할 것이다. 그리고 방송 중계에 의존하는 문제는 한시적인 운영이 돼야 하며 독립적인 시스템을 갖출 수 있도록 차근차근 준비해 나가야 한다. 자체 시스템을 갖추기 위해서는 예산을 확보하도록 노력을 기울여야 한다.

합의판정 제도가 도입되면서 아웃, 세이프 문제로 인한 시비는 많이 줄어들었지만 스트라이크 존 문제는 아직도 심판마다 편차가 너무 심해 수시로 불거지고 있다. 각 팀에서 불만의 목소리가 나오는 현실을 직시해야 하며, 개선책이 마련돼 심판에 대한 불신 풍조가 없어지도록 조치를 강구해야 한다. 구단들은 연간 수백억 원을 들여 팀을 운영하고 있는데, 심판 판정 때문에 억울하게 패하는 경우가 생긴다면 무엇으로도 억울함을 보상받을 길이 없을 것이다.

KBO는 심판의 자질 문제에 대한 심각성을 인식해 해결 방안을 찾아야 한다. 현재 수준 이하의 심판들이 나오는 현실을 그냥 넘어가서는 안 된다. 심판의 질적 향상을 위한 프로그램을 만들어야 한다. 심판들의 자질을 향상시키기 위해서는 첫째로 시즌 후 정확한 평가를 내려 연봉을 조절하는 방법, 둘째로 교육 프로그램을 만들어 끊임없이 교육을 시키는 방법이 있다. 셋째로는 심판위원회 리더십 부재에 따른 느슨한 조직을 정비하는 문제이다. 현재 심판위원회 조직의 문화는 심각한 수준으로, 리더의 통솔력이 통하지 않는 실정이라 한다. 이런 것들을 개선하지 않고서는 긴장감도 없고 능력 있는 심판이 배출될 수 없다고 본다.

심판들 스스로도 우수 인력이 되기 위해 자기개발에 힘을 쏟아

야 한다. 기본적으로 정확한 판정을 하기 위해서는 비시즌 기간
에 체력 단련에 힘써야 할 터다. 체력이 약하면 집중력도 같이 떨
어진다. 실수가 나올 수밖에 없다.

 오심의 근본 이유는 심판 개개인 능력이 부족한 경우와 판정에
사적인 감정이 이입되는 경우가 있을 것이다.

 자질 부족 문제는 심각한 후유증을 유발한다. 능력이 부족해도
연공서열에 따라 1군에 진입시키는 제도 때문에 능력 있는 젊은
심판들이 1군 진입을 할 수 없어 사기가 떨어질 수 있다. 이렇게
되다 보면 경쟁력이 약화돼 실력 향상이 안 된다. 누구나 능력이
있다면 나이에 관계 없이 발탁하는 제도를 만들어야 한다. 이렇
게 함으로써 경쟁력 강화로 인한 심판들의 자질 향상이 이뤄질
것이다. 또한 철저한 평가에 따라 실력 없는 심판은 도태시키는
시스템을 확립해 조직에 긴장감을 불어넣어야 한다.

 두 번째 이유에 대해서는, 판정에 개인감정이 들어가지 않도록
경기 투입 전에 팀장이 정신교육을 철저히 시켜야 한다. 감정이
입 문제는 판정에 막대한 영향을 미치는 것으로, 절대 있어서는
안 되는 것이다. 그러므로 심판위원회의 뼈를 깎는 노력이 따르
지 않는다면 내년에도 스트라이크 존 문제로 팬들의 불만이 쌓일
공산이 크다. 이를 방치하면 팬들이 프로야구를 외면하는 사태가
올 수 있다는 사실을 명심해야 한다.

 퓨처스리그에서 경력 5년 이상의 심판들을 1군으로 투입하는
문제는 제고돼야 한다. 왜냐하면 5년 이상이 되면 2군에서 굳어
진 스트라이크 존 때문에 1군에서 적응하기에 문제가 있기 때문

이다. 스트라이크 존을 바꾼다는 건 쉬운 일이 아니다. 이런 점을 무시하고 연공서열로 1군에 투입해 올해 많은 실수가 발생했다. 1군은 심판을 훈련하며 양성하는 곳이 아니다.

KBO리그는 한해가 다르게 선수들의 파워와 기량이 빠르게 향상되고 있지만 여기에 심판들의 수준이 따라가지 못한다면 큰 문제가 될 수 있다. 투수들의 공은 매우 빠르며, 구종도 다양해지고 있다. 예전보다 스트라이크-볼을 판별하기가 매우 어려운 현실이다. 이런 투수들의 구종에 적응력을 기르기 위해 심판들은 오프 시즌 동안 자기개발에 많은 노력을 기울여야 한다. 이런 노력들이 모아진다면 심판 자질 문제에 대한 시비는 자연스럽게 사라질 것이다.

2015년 11월 9일, 〈스포츠Q〉

'좋은 감독'의 조건은 무엇인가

어떤 감독이 좋은 감독인가.

일반적으로 성적을 잘 내는 감독을 좋은 감독이라고 말하지만 반드시 그런 건 아니다. 메이저리그와 일본의 예를 보더라도 나타난다. 1960년대 일본 요미우리를 맡은 가와카미 데쓰하루 감독은 9년 연속 일본시리즈 우승을 이끌었지만 훌륭한 감독이라 일컫지 않는다.

당시에는 감독의 역량보다 선수들의 기량이 더 인정받았기 때문이다. 대표적인 선수로 나가시마 시게오, 왕정치, 모리 마사아키, 가네다 마사이치 등을 들 수 있다. 가와카미 감독은 선수를 지나치게 감독 통제 하에 두기로 유명한 지도자였다. 독재자 스타일의 지도자로 불리며 명감독으로 평가하는 이가 적다.

한국에서도 마찬가지다. 해태 타이거즈 사령탑 시절 9회 우승, 삼성 라이온즈 감독으로서 한 차례 한국시리즈 정상에 오른 김응용 감독이나 현대 유니콘스를 4번 우승시킨 김재박 감독에 대한 평가는 의외로 박하다. 선수가 좋아서 우승했다고 보는 견해도 적지 않다.

　명감독이라는 말을 듣기 위해서는 어떤 면모를 갖춰야 할까. 한국 프로야구보다 역사가 긴 일본의 예를 들어보자. 일본의 3대 명감독으로 미하라 오사무, 미즈하라 시게루, 쓰루오카 가즈토를 들 수 있다. 이 세 감독은 성적도 잘 냈지만 훌륭한 인품을 갖춘 감독으로 정평이 나 있다. 선수들의 평도 좋다. 준수한 성적과 더불어 훌륭한 인품까지 갖췄을 때 명감독이라 불릴 자격이 있다.

　MLB에서도 우승을 많이 했다고 명감독이라는 말을 듣지 않는다. 미국에선 바비 콕스 전 애틀랜타 감독을 훌륭한 지도자로 꼽는다. 1978~1981년, 1990~2010년까지 애틀랜타에 몸담은 콕스 감독은 총 4508경기에서 2504승 2001패를 기록했다. 한 차례 월드시리즈 정상에 올랐고 내셔널리그(NL) 5회 우승을 포함한 14년 연속 지구 우승을 차지했다. 이런 공로로 콕스 감독은 2014년 만장일치로 명예의 전당에 올랐다.

　콕스 외에도 조 토리 전 양키스 감독은 소속팀의 월드시리즈 4회 우승, 토니 라 루사 전 세인트루이스 감독은 월드시리즈 3회 우승을 일궜다. 이들 역시 성적과 더불어 훌륭한 인품을 갖춘 감독으로 평가받고 있다.

　『야구란 무엇인가』의 저자 레너드 코페드는 감독의 임무에 대해 이렇게 정의를 내리고 있다. "감독이라는 지위에 편승해서 선수들을 함부로 휘몰아쳐서는 안 된다. 프로야구 선수는 성인들이 자기 인생을 걸고 하는 엄숙한 직업이다. 게다가 야구장에서 펼쳐지는 플레이는 정신적으로나 육체적으로 채찍질한다고 해서 더 잘될 수 있는 게 아니다. 미식축구나 아이스하키처럼 몸을 부딪치는 종목은 약간의 흥분상태가 더 좋은 효과가 있을 수 있지만 야구는 아주 섬세한 신경과 반사동작을 요구하는 예민한 경기이기 때문에 흥분하면 오히려 해로울 뿐이다. 감독이 선수에게 동기를 부여하고 앞장서서 이끄는 방법이 전혀 없는 건 아니지만 으름장을 놓는다든지 선수의 마음을 사로잡겠답시고 사탕발림을 하는 것은 통하지 않는다."

이런 면을 볼 때 감독은 그리 간단한 직업이 아니다. 가장 중요한 건 기술 이전에 선수들을 컨트롤하는 정신적인 문제다. 정신을 다루는 데 실패한다면 성적도 나지 않을 뿐더러 감독으로서 수명이 짧아진다. 감독은 마음을 다스리는 직업으로, 선수들의 마음을 읽을 줄 알아야 하며 동기유발을 높이는 방법을 알아야 한다. 이론이 빈약한 경험에 의존한다면 멀리 걸어갈 수 없다.

감독은 팀을 패배하게 할 수 있어도 승리하게 하기는 매우 어렵다. 2016시즌 프로야구 정규시즌이 절반가량 지났다. 개막에 앞서 전문가들이 판도를 점쳤지만 그 예상들이 많이 빗나가고 있다. 왜 예상이 항상 빗나가는 것일까. 한마디로 답하자면 기술적인 면이 아닌 정신적인 면이 야구 경기를 좌우하기 때문이다. 정신의 세계를 측정한다는 것은 태평양 바다 속을 들여다보는 것만큼 어렵다.

야구를 흔히 '정신의 경기(Mental game)'라고 한다. 정신이 경기의 승패를 지배하는 스포츠이기 때문이다. 우리는 감독의 역할을 지나치게 확대 해석하려 한다. 이렇게 되면 감독은 신이 돼야 한다.

감독의 역할은 제한적이다. 일일이 공이 가는 길을 가르쳐 줄 수 없는 노릇이다. 투수에게 어떤 공을 던지라고 말해 줄 수 있어도 공이 그 자리로 가도록 할 수는 없으며, 타자에게 언제 스윙을 하라고 알려줄 수 있어도 직접 공을 때릴 수는 없다. 따라서 지금은 선수 스스로 야구를 하는 시대다. 감독이 일일이 개입하는 시대는 이미 지났다. 케케묵은 훈련으로 선수의 기량을 끌어올리려는 현대 야구와 동떨어진 야구를 하며 성적은 바닥을 헤매고 있는 감독도 있다. 지나친 연습과 코칭은 슬럼프로 가는 지름길이라는 것을 명심해야 한다. '과한 것은 부족한 것만 못하다'는 말을 새겨들어야 한다.

한국 프로야구도 점점 감독의 역할이 줄어들고 있는 추세다. 야구가 발전할수록 선수들 스스로 경기를 풀어가고 있다. 이것을 타율적으로 감독이 풀어가려 한다면 오히려 부작용이 생겨 경기력이 떨어지는 현상이 나타나게 된다. 순위 싸움이 치열하게 전개되고 있는 가운데, 최하위 팀을 분석해 보면 지나치게 감독의 통제 하에 있다는 인상을 지울 수 없다. 여러 면에서 파열음이 나오고 있는 게 사실이다.

지나친 간섭으로 위축된 선수들은 동기부여가 이뤄지지 않아 고전을 면치 못하고 있다. 감독 혼자 모든 것을 풀어갈 수 없다. 때문에 파트별로 전문 코치를 두고 팀을 운영한다. 초창기에는 감독의 영역이 컸지만 오늘날 프로야구는 날이 갈수록 분업화가 이뤄지고 있다. 이것은 거스를 수 없는 시대의 요구사항이다.

현대 야구에서는 독재자가 아닌 선수 스스로 야구를 할 수 있도록 환경을 열어주는 지도자가 좋은 감독이라는 말을 듣는다. 경기는 선수가 하는 것으로, 감독은 선수가 경기를 잘 풀어갈 수 있도록 도와줄 뿐이다. 이것은 만고불변의 진리다.

2016년 7월 6일, 〈스포츠Q〉

하일성 씨 비보에 부쳐

오늘 오전 돌연 하일성 씨의 비보를 접하고 무슨 말부터 꺼내야 될지 차마 입이 떨어지지 않는다. 아무리 생각해도 악몽을 꾸고 일어난 것 같다. 하일성 씨가 저 세상으로 떠났다는 사실이 도무지 믿기지 않는다. 지금이라도 당장 전화를 걸면 여전히 밝고 경쾌한 목소리로 '용진아!' 하며 대꾸해 올 것 같다. 비보가 거짓말이 아니라는 사실이 너무나 안타깝다.

고인과 필자는 출신 고교는 다르지만 같은 해 졸업한 동기생이다. 필자가 고인과 처음 만난 것은 꼭 50년 전이었다. 고교 3년 시절이던 1966년, 수유리 상업은행 야구장에서 열린 선린상고와 성동고 간 서울시 예선전에서였다. 하일성은 유격수로, 필자는 3루수로 출전했다. 고인과 필자가 야구선수로 만난 것은 그 경기가 처음이자 마지막이었다. 유격수로 상당히 빠릿빠릿했던 선수였다는 기억이 난다.

하일성 씨는 한국 야구계에 크나큰 족적을 남긴 분이다. 고인은 경희대로 진학했고 사회에 나와서는 고교 체육교사와 방송해설을 했다. 고인은 평생을 야구와 함께하며 야구팬들에게 야구를 쉽게 이해시키는데 큰 공헌을 했다. 아무리 복잡한 야구 룰도 고인의 입담과 표정을 거치면 쉬워졌다. 야구를 잘 모르는 다양한 계층의 사람들에게도 야구를 알게 해 준 안내자였다.

고인은 친화력이 뛰어나 항상 주변에 사람이 몰렸다. 유머가 뛰어나 고인과 함께 있으면 웃음꽃이 떠나지 않았다. 사람들을 즐겁게 해주는 마력이 있는 사람이었다. 야구해설가로 유명세를 떨치던 시절 중년 아주머니팬들이 많았던 이유도 그런 매력 때문이었을 것이다.

갑작스럽게 비보을 접하고 나니 충격을 받아 머리가 멈춘 것 같았다. 그동안 야구계에서 함께 지내며 맺었던 많은 인연들을 떠올려 보려 했지만 뭔가로 강하게 얻어맞은 듯 머리는 띵하고 이명이 생긴 듯 귓가에는 이상한 소리만 맴돌며 아무 생각이 나지 않았다.

간신히 진정을 하고 나니 고교시절부터 KBO 사무총장 시절에 있었던 여러 일들이 주마등처럼 지나간다. 고인은 필자와 만날 때마다 "용진아! 잘 지내지?" 하며 따뜻하게 말을 먼저 거는 다정한 친구였다. 언제나 따스함이 몸에 배어 있는 인정 있는 사람이었다.

고인은 야구에 대해 궁금한 점이 있으면 자존심을 내려놓고 항상 물어보고 곧바로 해설할 때 사용하는 겸손함도 있었다. 남을 인정할 줄 아는 포용력도 겸비한 분이었다. 그런 친구의 얼굴을 더 이상 보지 못하고 걸걸한 목소리를 더 이상 들을 수 없다니 너무 가혹한 것 같다. 아무리 억누르려 해도 치솟는 비통함을 금할

길이 없다.

고인은 한국 야구를 누구보다 사랑했다. KBO 사무총장 시절 산적한 난제들을 풀면서도 한국 프로야구를 세계적인 수준으로 올려놓고 싶다며 노심초사하던 모습이 떠오른다. 사무총장을 마칠 즈음, "이제는 한국 프로야구가 세계적인 수준에 올라온 것 같다"고 너스레를 떨며 개인의 일처럼 기뻐하던 모습이 생생하다.

고인은 사무총장 시절 어려운 일이 있을 때면 전화해 "용진아, 밥 먹자"고 연락이 오곤 했다. 막상 만나고 나면 90% 이상 혼자서 말을 했다. 매번 마지막은 "그런데 뭐 특별한 일은 없어, 잘 되겠지. 고마워"라고 끝맺곤 했다. 그 말을 그냥 듣기만 하고 왔어도 기분이 나쁘지 않았던 기억이 난다.

"일성아! 하늘나라에서도 이곳에 있을 때처럼 사람들을 즐겁게 해 주게. 잘 가게, 일성이!"

2016년 9월 8일, 〈스포츠Q〉

마무리 캠프를
과학적으로 하는 방법

훈련 이론을 보면, 야구는 전습법(全習法)과 분습법(分習法) 있다. 전습법은 전체 훈련으로 팀플레이 때 하는 법, 분습법은 분야별 연습이다. 또 한 가지 훈련 방법으로 집중법과 분산법이 있는데, 집중법은 집중적으로 양 위주로 하는 방법으로 평고를 수백 개 받게 하거나 티배팅을 수백 개 때리게 하는 방법으로 몇몇 감독이 즐겨 사용하고 있다. 분산법은 정확한 자세 확립 목적으로 기초훈련 때 20분~30분 정도로 사용하는 질적 훈련이다.

지금 각 팀의 마무리 훈련이 국내외에서 이뤄지고 있다. 언론 기사를 보면, 지옥훈련 형태로 장시간 훈련을 하는 모양이다. 유니폼은 흙에 얼룩지고 선수들은 헉헉거리며 쓰러져 있는 사진도 볼 수 있다. 다 좋다. 하지만, 한 가지 주의해야 할 점이 있다.

상대가 없고 우리끼리만 연습하는, 승부를 가릴 필요가 없는 상황은 평가가 제한적이다. 그래서 자기만족으로 치우칠 가능성이 크다. 해마다 스프링캠프, 마무리 훈련을 하는데, 다들 이 훈련의 성과로 약점 보완과 성장을 말한다. 그런데 다음 연도에 뚜껑을 열어보면 문제점이 그대로 나타나는 경우가 허다하다. 이런 문제점은 훈련을 양적으로만 접근하여 빠진 함정이라 하겠다. 훈련이 '노동'으로 흐른 문제가 아닌가 한다.

감독이 바뀐 팀의 경우, 감독 일인에게 많은 기대를 하지만 이건 매우 위험한 생각이다. 감독 한 사람이 무엇을 다하겠는가. 필자가 알기로는 팀 매뉴얼이 없는 것 같다. 감독이 바뀌면 연습 프로그램을 다 바꾸는 것을 지양하고 과학적이고 효율적인 매뉴얼이 만들어져야 할 것이다. 그렇다면 이 매뉴얼 작업을 누가 할 것인가. 구단에 기획 능력이 있는 야구 전문가가 있느냐가 관건이다.

문제는 지금의 마무리 캠프가 과연 이 이론의 균형 위에 서 있느냐는 것이다. 지옥훈련이라는 말이 여전히 기사 제목을 장식하고, 진흙투성이 유니폼이 마치 충성의 증표처럼 소비되는 현실은 훈련이 성과보다는 노동으로 기울고 있음을 말해준다.

과학적 훈련은 체계와 진단에서 시작된다. 마무리 캠프에 들어가기 전, 팀 전체의 문제를 세밀히 분석하고 체크리스트를 작성해야 한다. 팀의 구조적 문제와 개인의 기술적 과제를 분리하고, 각각 개선 목표를 수치화하고 관찰해야 한다.

무엇보다, 감독 개인의 감(感)에 의존하는 훈련 방식은 이제 그만두어야 할 듯하다. 감독이 바뀔 때마다 팀의 연습 프로그램이 뒤집히는 현실은 조직이 아니라 개인의 신념 위에 팀이 세워져 있음을 보여준다.

야구는 경험의 집합이 아니라 지식의 체계로 운영되어야 한다. 그 체계를 만드는 일, 즉 훈련 매뉴얼을 구축하는 일은 구단의 의 무이다. 이를 설계할 야구 전문가, 그리고 이론을 현장에 녹여낼 기획형 지도자가 부재한 한, 마무리 캠프는 늘 같은 땀 냄새 속에서 제자리를 돌 뿐이다.

피로한 흙 위의 선수들, 그들의 고단함이 헛되지 않으려면, 이제는 땀의 양이 아니라 이해의 깊이로 훈련을 재단해야 할 때이다.

2025년 11월 11일

2025년 K-BASEBALL SERIES, 네 번의 경기를 보고

우리나라 대표팀의 구성과 경기력을 점검할 수 있는 K-BASE-BALL SERIES가 막을 내렸다.

투구의 중심을 잡아낸 선수는 정우주, 문동주와 박영현 세 선수뿐이었다. 그들의 공은 흔들림 없는 자세에서 곧게 뻗었다. 일정한 자세에서 흘러나오는 제구력이 얼마나 중요한지는 아이들도 아는 진리이지만, 그 진리를 이행해 내는 투수는 언제나 소수이다.

정우주와 박영현의 투구는 그래서 더 도드라졌다. 몸의 축이 흔들리지 않고, 상·하체의 박자가 엇나가지 않으며, 팔이 던질 길을 기억하고 있는 투구. 그런 투구만이 스트라이크존 모서리를 다스리고, 타자의 예측을 빼앗으며, 이기는 야구를 빚어낸다.

애틀랜타 브레이브스 그레그 매덕스의 일화는 우리 지도자들과 선수에게 큰 울림으로 다가온다. 어느 날 경기가 끝나고 "오늘 어땠습니까?"라는 기자의 물음에 그는 담담히 "73/50"이라고 대답했다. 던진 73개의 공 중 50개가 자신이 바란 그 지점에 떨어졌다는 뜻이다.

그 단순한 숫자 속에는, 시속 100마일의 광풍보다 더 무거운 통찰이 담겨 있다. 매덕스를 전설로 만든 힘은 강속구가 아니라, 의지가 정확히 향한 곳으로 공을 보낼 수 있는 극도의 정밀함, 그 제구의 깊이였다.

그러나 이번 시리즈에서 나머지 투수들은 줄줄이 흔들렸고, 밀어내기 4점을 허용하며 안타까운 장면을 연출했다. 이는 단순한 난조를 넘어, 구단이 근본적으로 고민해야 할 신호이다.

수비 타격에서는 안정감 있는 경기력을 보였지만, 유독 투수 파트에서 예측 불가능한 투구 내용으로 시종일관 불안한 경기를 보여주었다. 여기에 생각 없는 투수 수비까지 드러났다. 주자가 나가면 투수는 수비수 위치를 확인하고 자기에게 오는 타구를 어떻게 처리할 것인가를 염두에 두고 투구를 하는 게 기본이다. 투수는 던지는 것만 능사가 아니다.

투수 코치들의 말처럼, 프로에 발을 들이면 새 투구 자세를 몸에 새기는 시간이 필요하다. 하위 리그에서 익힌 방식과 프로의 타고난 시행착오 사이에서, 투수는 다시 태어나야 하기 때문이다. 문제는 그 재탄생의 시간이 언제나 1군 실전을 통과해야만 완성된다는 점이다. 그 과정에서 흔들림은 더욱 잦고, 제구는 더 쉽게 무너진다.

결국, 투수의 생명선은 제구력이다. 빠른 구속에 제구력을 갖춘다면 금상첨화이지만, 공이 '가야 할 곳'을 알고, 그 길을 잃지 않는 투구, 그것이 한 투수의 경력을 지탱하는 뿌리이다. 매덕스가 그랬듯, 정교함이 강속구를 이기고, 질서가 혼돈을 이기며, 한 치의 흐트러짐 없는 루틴이 경기의 운명을 바꾼다. 일본과 2차 평가전을 보면, 여러 투수가 정신의 혼돈과 기술의 혼돈으로 범벅이 된 투구로 볼넷의 남발로 이어진 것이다.

  KBO의 신인급 투수들에게 필요한 것은 투구 자세의 재정립이며, 구단이 투수 개개인의 몸과 시간을 더 길고 깊게 바라보는 일이다. 그 길 위에서만 다음 정우주, 다음 박영현이 태어날 수 있으니까.

2025년 11월 17일

K-BASEBALL SERIES와
대표팀의 전력 분석

신민재, 안현민, 송송문, 문보경, 문현민, 김주원, 박동원, 김영웅, 박해민, 최재훈 등의 타자는 이제 국제용으로 통한다. 이들은 수비에서도 높은 수준에 도달한 것으로 보인다. 공, 수, 주의 삼박자를 갖춘 선수들이라 평가하고 싶다. 투수 쪽을 보자. 조병현, 김영우, 배찬승, 김서현, 이로운, 김택연, 성영탁, 김건우, 이민석 이들의 투구 내용을 보면 많이 흔들리며 타자를 막아낼 힘이 아직 부족하다. 치명적 약점 보완이 없이는 국제 대회용으로 불안하다고 하겠다. 투구 폼이 일정하지 않아 볼이 과녁을 향해 날아가지 못하고 있다. 이들 모두에게서 나타나는 동일한 현상으로 이번 평가전에서 여실히 나타났다.

제구력이 좋아지려면 집중력이 중요하다. 투수는 탁월한 집중력을 갖춰야 한다. 일정함, 볼의 속도 움직임, 목표지점이 흔들리지 않는 것을 말하는데 이것은 수많은 반복 연습을 통해 만들어지는 것이다. 자신감, 지금 던지는 볼이 통할 수 있고 올바른 선택이라는 것을 확신함으로써 실제로 신체가 그렇게 행동하도록 하는 것이다. 컨트롤이란, 위의 요소들을 적용시킨 부산물일 뿐이다. 투수 쪽을 보완하지 않으면 WBC 때 또 고전할 수밖에 없다.

WBC에서 이기려면

결국 투수 운용을 얼마나 잘 준비했느냐가 승부를 가른다. 그런데 이 준비라는 게 단순히 "감으로" 되는 일이 아니다. 밤새워 경우의 수를 따지고, 상황별로 누굴 언제 넣을지 머릿속에 그림을 그려놓아야 한다.

어떤 감독이 오더 한 장 만들려고 밤을 새웠다는 이야기가 들린다. 사실인지 아닌지는 모르지만, 그 정도로 준비해야 한다는 말 자체는 틀리지 않다. 경기 전에 이미 수십 번, 수백 번 시뮬레이션을 돌려봐야 현장에서 위기가 닥쳐도 자동으로 답이 나온다.

'이 상황이면 이 투수', '이 타순이면 이렇게', 이게 머릿속에 정리가 되어 있어야 한다. 반대로 사전 준비 없이 그때그때 즉흥으로 대응하려 들면 거의 100% 우왕좌왕하게 된다. 타이밍을 놓치고, 선수들도 불안해지고, 경기 흐름을 잡을 기회는 그대로 사라져버린다.

WBC는 평소 리그와 달리 한 경기, 한 순간이 바로 운명을 바꾼다. 그래서 감독의 준비는 '선택'이 아니라 '필수'이다. 연구하고, 또 연구해서 머릿속에 이미 완성된 경기판을 가져야 현장에서 흔들리지 않는다.

결국 승부는 경기 전에 얼마나 많은 밤을 보냈느냐에서 정해진다. 이 노력 없이 이기길 바라는 건, 지도 없이 바다로 나가는 것과 다르지 않다.

2025년 11월 17일

야구의 계절이 지나고

열띤 야구의 계절을 보내고, 누구는 FA다, 뭐다 대박을 터드리지만 또 한쪽에서는 칼바람이 불고 있다. 해마다 들리는 '정리'의 소식은 프로의 세계가 얼마나 서늘한 생존의 논리로 움직이는지 더 또렷이 드러낸다.

고인 물은 한 번 비워 주어야 새 물이 차오르고, 샘물도 바가지를 대어 길어줘야 다시 깊은 곳에서 맑음이 솟구치는 법이지만, '썩었다' 하며 버린 그 물도 어디선가 또 다른 생명을 적셔 주기도 한다. 사람 또한 마찬가지이다. 어느 자리에서는 불필요한 존재처럼 보일지라도 세상 어딘가에서는 반드시 쓰임을 찾게 된다.

"건축자의 버린 돌이 집 모퉁이의 머릿돌이 되었나니"라는 성경 구절이 떠오른다. 사람들이 가치 없다고 밀쳐 둔 돌 하나가 결국 집을 떠받치는 가장 귀한 자리로 오르는 역설의 말씀이다. 세상의 눈으로는 하찮아 보이는 이가 하나님의 시선 속에서는 중심을 이루는 존재가 될 수 있음을 은유적으로 보여주는 것이다.

버려진 듯 보이던 무엇도 다른 시간, 다른 장소에서는 머릿돌이 되는 기적을 품고 있다. 야구의 그 치열한 세계에서도, 인생의 더 깊은 골짜기에서도 이 진실은 조용히 살아 움직이고 있다. A 구단에서 버린 모퉁이 돌이 B 구단의 머릿돌이 된 예가 많다. 그래서 사람을 함부로 속단해서는 안 된다. 대기만성형의 인재가 우리 주변에 엄연히 존재하고 있다.

2025년 11월 20일

야구 지도자가
책을 읽어야 하는 이유

　내가 처음 책을 읽기 시작한 시기는 초등학교 3학년 때로 만화 라이파이, 그리고 학원사의 세계 위인전을 읽었다. 중학교 때는 이광수 전집의 『유정』, 『무정』, 『허생전』, 『이차돈』, 『원효대사』, 『이순신』 등을 읽었고, 성인이 되어 박종화의 역사 대하소설 『자고 가는 저 구름아』와 『삼국지』 등 동양 고전을 읽으며 상상력을 키웠다. 그리고 야구 지도자로서 야구에 필요한 전문 서적을 탐독하며 지도자가 갖춰야 할 소양이 형성되어 사물을 보는 직관력과 상상력에 큰 도움이 되었다.

　조직의 위로 올라갈수록 리더에게 필요한 역량은 단순한 기술 지도 능력을 넘어선다. 야구 현장에서도 "지도자의 리더십은 독서량에 비례한다"는 말이 자연스럽게 통용되는 이유가 여기에 있다. 야구 지도자는 한 팀의 방향성을 제시하고, 선수들의 성장을 돕고, 경기의 흐름을 읽어 전략적 결정을 내려야 하는 자리다. 이러한 역할을 제대로 수행하기 위해서는 단순한 현장 경험만으로는 절대 충분하지 않다.

야구는 기술, 전술, 심리, 체력, 의사소통, 조직관리, 리더십 등 다양한 요소가 얽혀 있는 종합 스포츠다. 투구 메커니즘이나 타격 기술은 물론, 한 시즌을 설계하고 팀 분위기를 관리하고 선수들의 멘탈을 케어하는 일까지 지도자의 업무는 폭넓고 섬세하다. 그렇기 때문에 지도자가 자신의 관점만으로 문제를 판단하면 금방 한계에 부딪히게 된다. 독서는 이러한 제한된 시야를 넓히는 가장 강력한 도구다. 독서가 야구 지도자에 미치는 영향은 다음과 같다.

　첫째, 독서는 지도자의 사고 폭을 넓힌다. 책을 통해 다른 지도자들의 사례, 스포츠 심리학, 리더십 이론, 동양 고전의 통찰 등을 접하다 보면 야구에서 발생하는 다양한 상황을 더욱 입체적으로 바라볼 수 있다. 선수의 부진이 단순한 기술적 문제가 아니라 심리적 요인, 의사소통 방식, 또는 생활 패턴의 문제에서 비롯될 수 있다는 사실을 이해하는 것도 이러한 인식의 확장 덕분이다.

　둘째, 독서는 지도자의 언어를 풍부하게 한다. 선수들과의 소통에서 어떤 말 한마디가 선수의 마음을 열거나, 반대로 닫아버리는 경우가 많다. 좋은 책에서 얻은 문장과 사고방식은 지도자의 말에 깊이를 더해주고, 선수의 마음을 움직일 수 있는 '설득 언어'를 만들어낸다. 기술 지도 못지않게 중요한 것이 바로 말의 힘이다.

　셋째, 독서는 지도자의 판단을 단단하게 해 준다. 경기 흐름을 읽고 작전 결정을 내리는 것은 단순한 자료 분석만으로 이루어지지 않는다. 지도자 개인의 '직관'과 '통찰'이 큰 역할을 한다. 그 직관은 다양한 사례와 지식을 축적한 사람에게서만 나온다. 책에서 얻은 사고의 축적은 위기의 순간에 더욱 차분하고 깊은 판단을 가능하게 한다.

넷째, 독서는 지도자의 성장을 멈추지 않게 한다. 빠르게 변하는 야구 환경 속에서 '옛 경험'만 붙들고 있는 지도자는 뒤처질 수밖에 없다. 데이터 분석, 최신 트레이닝, 선수 심리 케어 등 야구는 계속 진화하고 있고 그 변화 속도를 따라가는 가장 효율적인 방법이 바로 독서다. 독서는 지도자가 스스로를 계속 업데이트하게 만들고, 변화에 민감하게 반응할 수 있게 한다.

마지막으로, 독서는 지도자가 '사람'을 이해하게 한다. 야구는 사람을 통해 움직이는 스포츠이며, 지도자는 사람을 통해 팀을 만든다. 인간에 대한 이해 없이 훌륭한 야구 지도자가 되는 것은 불가능하다. 문학, 역사, 철학, 인문학적 책들은 선수들의 마음을 읽고, 각각의 개성을 존중하며, 선수들이 어려움을 겪을 때 필요한 말을 건넬 수 있는 감수성을 길러준다.

결국 독서는 야구 지도자에게 단순한 취미가 아니라 리더의 기본기이자 선수를 키우는 도구이며 자신을 단련하는 훈련이다. 지도자가 책을 통해 새로운 시각을 얻고, 사고를 확장하며, 인간에 대한 이해를 깊게 할 때 비로소 그 지도력은 현장에서 빛을 발하게 된다.

야구가 변화해도 사람을 성장시키는 방식은 크게 다르지 않다. 책을 읽는 지도자는 결국 선수에게 더 나은 길을 보여줄 수 있는 지도자가 된다.

2025년 12월 5일

한국 야구의 두 거장
김성근과 김인식을 다시 생각하다

과거 MLB도 선발투수는 웬만하면 5회까지 맡기는 투수 로테이션을 고수했다. 이러한 시대가 지나고 투수 운용의 고정관념에서 벗어나 선발투수가 초반에 무너지면 조기 강판으로 바뀌게 되었다. 무리하게 승을 지켜주기 위해 5회까지 맡기는 방식에서 탈피한 것이다. 올해 월드시리즈만 보더라도 무리하게 승을 주기 위한 방식에서 완전히 탈피하는 팀 승리를 위한 투수 운용을 보았을 것이다. 여차하면 투수를 강판시키고 계속 불펜진을 밀어 넣는 식이었다.

이번 K-BASEBALL SERIES에서 우리 팀 투수 운용을 보면 매끄럽지 못하고 교체 타이밍이 한 박자씩 늦은 감이 있으며, 불안한 투수 기용으로 패했다. 투수 운용과 적절한 대타 기용은 승리의 관건이다.

김성근, 김인식 감독은 투수 운용에 있어서 탁월한 면이 돋보인 감독으로 평가된다. 이런 지도력으로 여러 차례 우승을 거머쥔 감독이 됐다. 후배 감독들도 두 분처럼 날카로운 투수 운용과 경기 흐름을 읽는 직관력을 키워야 할 것이다. 가끔 상대가 예측하지 못한 임기응변의 기지로 승리를 따내는 능력을 발휘해야 한다. 선수들의 힘만으로 우승하기는 어렵다.

김성근과 김인식의 선수 시절은 어땠을까. 1960년대, 1970년대를 주름잡던 김성근과 김인식의 어깨는 참 대단했다. 1961년 교토 상호 차량 사회인 야구팀에서 뛰던 김성근은 재일교포 선배 배수찬의 도움으로 한국의 실업 야구팀 교통부에 입단하면서 한국 실업 야구 리그 선수 생활을 시작한다. 이듬해인 1962년에는 새로 창단한 기업은행 야구단으로 이적했다.

실업 야구가 처음으로 기록을 시작한 1964년, 김성근은 그해 페넌트레이스(실업야구연맹전)에서 다승 공동 2위(20승 5패)를 기록했다. 다만 다승 공동 2위를 차지한 백수웅의 20승 4패에 승률에서 밀렸다. 앞선 1963년 11월 13일 대통령배 가을 리그 인천시청과의 경기에서는 볼넷 1개만을 내주며 노히트 노런을 기록한 것도 그의 선수 생활을 말할 때 빠지지 않고 언급된다.

1946년 출생한 김인식은 배문고와 해병대, 한일은행에서 에이스 투수로 활약했으나 어깨 부상으로 26세의 나이에 조기 은퇴했다. 당시만 해도 국내에 스포츠 의학 지식이 없다시피 하던 시절이라 투구 뒤에 아이싱은커녕 반대로 뜨거운 사우나에서 땀을 흘리며 피로를 풀었다고 한다. 안 그래도 찢어지고 해진 어깨 모세혈관이 완전히 망가질 수밖에 없었다. 이후, 동국대학교 야구부 감독을 거쳐 1986년 해태 타이거즈의 수석코치로 프로 지도자의 길을 걷기 시작했다.

고교 시절인 배문고 때는 빠른 볼과 변화구를 능수 능란하게 구사하여 타자들이 맥을 못 추게 투구한 탁월한 투수였다. 지금 같으면 측정기로 145km 후반쯤 기록되지 않을까 싶다. 당시 타자들의 실력을 볼 때 때려낼 수 없는 속도였을 것이다.

쌍방울 레이더스(1991~1992), OB·두산 베어스(1995~2003), 한화 이글스(2005~2009)의 감독을 역임했으며 2009년 이후 2선으로 물러나 KBO의 기술위원장과 규칙위원장을 맡았었다. '국민 감독'과 '킬인식'이란 상반된 별명을 갖고 있을 정도로 평가가 심히 엇갈리는 감독이다. 김응용, 김성근과 함께 1990년대~2000년대 프로 야구판을 휘어잡았던 야구판 3김 중 한 명으로 셋 중에서는 김인식이 막내다.

OB-두산 시절에는 구단의 흑역사를 극복하고 무려 9년(1995~2003)을 재임하며 2번의 우승을 일궈내고 4년 연속 포스트시즌 진출을 이끌며 미라클 두산이란 팀 색깔을 만든 감독이다.

지도자로서 두 장인은 투수 한 사람의 어깨 위에서 흐르는 경기의 숨결을 마치 장인의 망치 소리처럼 섬세하게 다듬어내던 사람들이었다.

김성근의 야구는 불꽃의 방식이었다. 위기에 닿기 전에 손을 쓰고, 흐름이 미세하게 흔들리기만 해도 벌떼처럼 투수를 올렸다 내리는 운용. 잘게 쪼개고, 끊어내고, 틈을 봉합하며 상대 타선을 질식시키는 그의 야구엔 늘 긴장과 기세, 그리고 승부의 냄새가 짙게 깔려 있었다. 그는 "순리"보다 "승리"를 택한 감독이었고, 투수를 체력의 단위가 아니라 순간의 용도로 바라보는 희귀한 시각을 가졌다.

반면 김인식의 투수 운용은 조용한 물결처럼 잔잔했으나 언제 어디서 방향을 틀지 모르는 지혜가 빛났다. 경기 전체를 한 폭의 그림처럼 보았고, 투수 교체란 붓질 하나를 더하거나 지우는 일과도 같았다. 짧은 순간의 위기가 오더라도 전체의 흐름을 더 중히 여기며 마치 숨결을 고르는 듯한 승부 조율을 했다. 선수들이 스스로 호흡하게 하고, 그 호흡을 바탕으로 결정의 칼날을 꺼내는 감독. 이것이 김인식 야구의 고요한 깊이였다.

그러나 시내는 변했나. 흐트러지는 기색이 보이면 망설임 없이 강판, 그리고 끊임없이 불펜을 밀어 넣어 경기의 결을 바꾸어가는 현대 야구의 무정하지만 현명한 리듬. 이러한 흐름은 어쩌면 과거 김성근식의 '벌떼 야구'를 떠올리게 했다. 다만 그 벌떼가 체력 소모의 굴레를 안고 있었다면, 지금의 시스템은 데이터와 역할 분담 위에서 냉정하고 효율적으로 돌아가는 차이가 있을 뿐이다.

그에 비해 최근 K-BASEBALL SERIES에서의 투수 운용은 한 박자 늦었고, 흐름을 끊는 묘리가 부족했으며, 불펜의 칸트리가 제자리에서 흔들리는 듯 뒤섞인 그림으로 남아 패배의 발단을 만들었다. 특히 감독의 교체 타이밍이 늦었고, 경기 흐름을 효과적으로 제어하지 못했으며, 불펜 투수들의 전반적인 경기력이 기대에 미치지 못해 결국 패배의 원인이 되었다.

지도자가 경기의 맥을 짚지 못하는 순간, 선수들의 기량도 바람 앞의 촛불처럼 흔들리는 법이다. 이제 필요한 것은 두 장인이 보여준 통찰을 잇되, 현대 야구의 변화된 리듬을 꿰뚫는 새로운 지휘자의 감각이다.

흐름을 읽는 눈,
순간의 균열을 감지하는 촉,
상대가 예측하지 못하는 전환의 칼날.

이 셋이 하나로 모일 때 비로소 한국 야구의 승리라는 별은 다시금 밤하늘 위에서 빛날 것이다.

2025년 11월 23일